文
景

Horizon

社 科 新 知　文 艺 新 潮

HIGH-RISE A Novel

J. G. BALLARD

摩天楼

〔英〕J·G·巴拉德 著
陈醉 顾君 王卉 译

上海人民出版社

总译序

第三次世界大战秘史

作为二十世纪生于中国的最杰出的科幻作家，J.G. 巴拉德在中国还没有得到足够关注。他位于上海市番禺路508号的故居一直都有络绎不绝的海外读者前来探访，但有关单位似乎并无保护或者至少标记它的计划。上海是一座盛产名人的城市，难免照顾不周，但在国内近年的科幻热潮中，巴拉德依然未能得到足够关注，则是本可避免的缺憾。他2009年去世时，国内媒体报道标题使用了“科幻小说之王”的桂冠，却对作品介绍语焉不详，只能使他的身份更加飘忽。此次世纪文景引进巴拉德的部分代表作品，不仅是对他最好的怀念，也是国内读者拓展对科幻认识的良机，毕竟，在整个科幻文学史中，他比那些常年漫游在其他星系的作家们要走得更远。

内心世界和外部现实世界的相会之处

在科幻文学作为类型文学被创作和流通的今天，巴拉德的很多作品确实很难被纳入这一形式。事实上，他在国外常常被归于更传统的作家类型，但这并不意味着巴拉德反对被贴上科幻标签。相反，作为英国新浪潮科幻的领军人物，他对二十世纪科幻一直保持着敏锐的观察和清晰的见解。

在二十世纪六十年代，还是年轻作家的巴拉德便对正统科幻提出了批评，他多年以来对此有过多次解释："我是学生时代开始写作的——我当时在剑桥学医。我对学医很感兴趣，而当时学的都派上了用场。所有的解剖学和生理学等等，看起来像是篇巨大的小说。大学里有年度短篇故事竞赛，我为此写了个故事，得了年度大奖。我认为这是个绿灯，便放弃了医学，几年后发表了第一个故事。我最初的作品投给了《地平线》这类英语文学杂志。就是一般的小说，有实验性的人物。接着，我开始思考科幻小说，在那个年月里全都是阿西莫夫、海因莱因和克拉克——那是在五十年代中期——我想，那些作家并没有充分利用科幻小说的潜能。我感觉到应该写一种新的科幻小说。……四十年代和五十年代的美国科幻是一种关于技术的大众文学。它源于三十年代发行的《大众机械》这类美国流行杂志，以及那个年头拥有的对科学技术的一切乐观态度……

它们充满了奇迹，世界上最大的桥，最快的这个或是最长的那个……充满了科技奇迹。那时的科幻小说便是出自科学将会重塑世界的乐观态度。接着到来的是广岛和奥斯维辛，科学的模样彻底变了。人们变得对科学非常怀疑，但科幻没有改变。你依然找得到这种乐观的文学，这种海因莱因—阿西莫夫—克拉克式的对科学可能性的态度，是完全虚假的。在五十年代氢弹实验的时候你可能看到科学已经和魔术非常接近了。而且，科幻认同外层空间的概念，那成了绝大多数人对它的印象——太空船、外星人的星球。这对我来说毫不合理。在我看来，他们忽略了我认为最重要的领域——我在七年前第一次使用这个名词——'内层空间'，用来描述内心世界和外部现实世界的相会之处。你能在超现实主义画家马克斯·恩斯特、达利、唐吉和基里科的画作中见到它。他们是内层空间的画家，而我认为科幻小说应该探索那个领域，那个心灵撞击外部世界的领域，而不只是描绘幻想。这是五十年代初科幻的病症，它正在变成奇幻小说，它不再是严肃的现实小说了。于是我开始了写作……我所有的小说都发生在今日，或者离今日不远。"[1]

巴拉德毕业后参加英国皇家空军，在加拿大服役期间才接触到科幻，但他迅速奠定了自己精确的阅读趣味，即便是对同一个作家如H.G. 威尔斯，他也表示更感兴趣的是《时间机器》《隐身人》《莫罗博士岛》和短篇小说，而不是《世界大战》，并且认为当代美国科幻小说家是从后者而不是前者中找到灵感。他认为《2001太空漫游》“表明了当代科幻英雄主义时期的结束——它深情地想象出来的景色和服装，和它巨大的布景道具，让我想起了《乱世佳人》，一场科学盛会变成了一种倒转的历史浪漫，一个不允许当代现实强光穿入的封闭世界”。[2] 他称《星球大战》为儿童电影：“其中描述和实现了各种超级技术，但没有时间感。动作可能发生在很远的将来或是很远的过去。与我们的世界或其他世界之间没有联系。角色们生活在一种永恒的连续介质中。他们只处理事件，就像是一个电子游戏中迅速前进的小点。”[3]

不过，巴拉德很喜欢四五十年代的科幻电影：“因为当时的这些电影是低成本电影，导演们不得不在街上实拍，也就是说——他们没钱像今天的乔治·卢卡斯等人一样去建时髦的布景。他们以这种方式保持了与现实的接触，黑色电影也是如此。它把某种相关性强加于你。”[4]

正是在这样的趣味指导下，巴拉德发展了他著名的“内层空间”概念。他最早在1962年的《新世界科幻》发表了宣言式文章《哪条路通向内层空间》，阐述了这一概念，直到七十五岁高龄时还在给予最后修正：“内层空间——我指的是你在梦中，特别是超现实主义绘画中见到的那个被创造出来的空间，但它也存在于高度错乱的现实中，诸如战争区、飞机失事现场、地震废墟、被遗弃的建筑，观察者在那儿叠加了他自己的畏惧、梦境、恐怖症——我认为这样定义的内层空间在我后期的小说中有一定程度的出现。”[5]

“我不认为自己是一个像艾萨克·阿西莫夫或是阿瑟·克拉克那样的科幻作家。严格地说，我认为自己是一个把超现实主义也当作科学艺术的科幻作家。从某种意义上来说，阿西莫夫、海因莱因和美国科幻的大师们其实根本没有在真的写科学。他们写的是一系列虚构的想法，被很方便地贴了‘科学’的标签。他们写的是未来，他们写的是一种关于未来的奇幻小说，更接近西部和惊悚小说，但与科学并没有什么真的关系。……你只需拿起一本诸如《自然》之类的期刊，或是任何科学期刊，你就能看见科学属于另一个完全不同的世界。弗洛伊德曾指出，你必须区分分析性活动和合成性活动，科学大部分属于前者，而艺术属于后者。海因莱因—阿西莫夫式科幻的问题在于它是彻底合成的。弗洛伊德还说过，合成性活动是一种不成熟的标志，而我认为这就是经典科幻跌倒之处。”[6]

巴拉德拥有专业科学素养，并对人类技术进步保持着敏感。他在剑桥大学国王学院接受了数年医学、生理学、物理学的教育，从空军退役之后又在科学期刊《化学与工业》全职工作了几年。“我访问了大量的研究实验室、化工厂这类地方，它们对刺激我的想象力起了很大作用。我科幻的大部分灵感来自我称之为科学**现实**的东西，而不是科学**奇幻**。”[7]即便成为作家之后，巴拉德依然常年和医生、物理学家友人们探讨科学问题，甚至每周定期收到来自国家物理实验室友人废纸篓的内容，了解科技前沿。他自己甚至订阅了包括《心理神经学》这样的学术期刊，直至刊物价格大涨，个人无力订阅，而他的某些灵感便是来自这些信息源。“就像《时代之声》这样的故事。有一些想法在五十年代末是正在进行的，我们对基因和染色体的了解不断增长，让我想到我们的生物也许在往昔被植入了‘休眠基因’，在人类向下一个进化阶段前进的过渡区域等待着。我并不是说那些思路直接来自某篇文章，而是说当我写这个故事时，杂志里充满了推动我们了解基因结构研究的描述，而这是触动我想象的一个元素。或者拿《集中城市》来说，它是关于一个延伸至无限的巨型城市的故事——其中的灵感来自受勒·柯布西耶影响的前卫建筑师们在巨大街区中展现的兴趣。弗兰克·劳埃德·赖特提出了一个他称之为‘一英里高的伊利诺伊’的概念，一幢巨大的芝加哥塔楼。我想他后来展望着能包容巨大城邦国家的宏伟塔楼。这类在科学和建筑杂志中很时兴的内容，确实直接启发了一些故事。这个过程在我整个写作生涯中一直都持续着。”[8]

巴拉德的文字运用是纯功能性的，从不流于类型化，也不上演文体的狂欢，即便是《暴行展览》这样的实验文本，也是对媒体风景的讽喻。他很确定自己想要表现的是什么，所以他的文风总是不动声色的，只是他希望精确描述的内心世界过于怪诞。换句话说，他的作品更接近于他喜欢的恩斯特和达利，而不是抽象表现主义。“虽然听起来有些荒谬，但我并不认为自己是一个文学作家（不褒不贬）。我不想以任何方式写与自身相关的小说。这有很多例子，不光是小说，也包括音乐和绘画。我对拉斯科（洞窟壁画）以来的任何画派都非常有感觉。我能从整个文艺复兴时期的几乎每个画家那儿体会到美感，而马奈以来的每个画家都在我生活中扮演着重要角色，除了抽象表现主义，因为那真是一种关于自身的绘画。我想在自己的写作中杜绝这种趣味。”[9]

巴拉德从来没有活在某一个具体的文学传统中，连他曾经代表的新浪潮科幻也被他迅速超越了。在欧美经典文学中，他最喜欢的是卡夫卡；在科幻作家中，他最尊敬的是雷·布拉德伯里，不过，他在去世前几年的一个访谈中再次提到布拉德伯里时表示：“我从来没像他那样创作，他太浪漫了，在我看来经常太天真。”[10]“如果你问我谁真正影响了我——其实更多的不是作家，而是诸如马克斯·恩斯特、萨尔瓦多·达利、乔治·德·基里科、勒内·马格里特这样的画家、超现实主义者们。我希望能用文字来创造他们在画布上所创造的。这些梦境般的地景，这种用艺术手法来体现心理状态的迷人方式。你知道，我小时候经历了这个星球上最伟大的超现实景况：战争。你走上街道，一半住宅已成废墟，一辆轿车停在其中之一的房上面，如此这般……战争充满了超现实的惊奇，充满了超现实主义的画面。当时我已经很清楚，人类文化中的某些东西正在拐一个扭曲得可怕的弯——而作为一个艺术家，一个作家，我想去理解它。”[11]

这个星球上最伟大的超现实景况：《太阳帝国》

二十世纪八十年代，斯皮尔伯格在上海外滩等地实拍《太阳帝国》，这可能是中国第一次也是最后一次向好莱坞电影团队大规模开放公共空间。日本军队在上海街道上列队行进，与中国抵抗力量枪战，用坦克碾轧英国侨民的轿车。外滩街区被关闭，分道线被涂覆，数千群众演员走上街头，外白渡桥边架起铁丝网路障，黄浦江中的快艇挂着太阳旗。摄制现场令很多年长的上海人想起几十年前在相同地点的相同画面。

巴拉德本人受导演邀请在英国和邻居们一起参加了几个镜头的拍摄，并未借此机会亲临现场。否则，无论是八十年代的上海，还是短暂叠加于其上的三四十年代景象，在他眼中都会是超现实的。九十年代初，BBC拍摄关于巴拉德的专题纪录片时，他随剧组回到阔别四十五年的上海，算是完成了一个心愿。和如今相比，他童年的生活空间在当时还算保存完好。他在故居中认出了当年使用的蓝色油漆，甚至找到了自己用来放漫画的小书架，感觉像是走进了“时间胶囊”[12]。他参观了自己曾住过几年的龙华集中营，在房顶对着镜头介绍周边所有建筑在当年的功用，在生活了将近三年的小房间中回忆当年父母姐姐床铺的位置。

在这部名为《上海吉姆》的纪录片中，巴拉德当然提到了战争给童年留下的烙印。在他看来，欧洲二战时发生的严重暴行从某种意义上可以归因于纳粹理念的罪恶。“但在远东，我成长的地方，并没有解释。严重暴行发生了，数几百万人被谋杀，没有真正的原因。……我有这个未解开的包袱，我想解读我留在过去的生活。”这一愿望对巴拉德后来的择业有很大影响。他在谈到学医的决定时说：“我想我意识到希望成为心理医生的愿望是我与（我刚体验了三四年的）陌生的英国生活接轨的尝试之一。它是我与失去的、从某种意义上说留在了上海的自我重新建立联系的尝试。”[13]在晚年的另一部纪录片中，他称在上海的生活给了自己“一大套有待解答的问题”[14]，是自己走上学医道路的原因，并补充说，成为心理医生之后，第一个病人将是自己。

巴拉德在童年便目击战乱、贫病、死亡和人类光怪陆离的欲望，享受过上层社会的丰足，然后突然遭受被困于集中营的苦难。了解巴拉德的这一独特经历，对理解他一生作品中诸多令人感到不适的场景和情节是有帮助的。这一点在笔者2009年的文章《从上海到内层空间》[15]已有论述。那篇文章所讨论的巴拉德最后作品《生活的奇迹》，与其他众多文章和访谈一样，将作者后来对超现实主义与精神分析的爱好乃至一生的创作方向与其童年经历紧密联系起来。除此之外，《生活的奇迹》的另一重要功用，是驱动读者去重新审视《太阳帝国》，将其从写实的框架中解放出来，并通过对照阅读去了解《太阳帝国》的文学价值。

在写作之前，巴拉德曾耗费多年时间与当年的集中营难友重新建立联系，收集相关材料。在被问到为何年过五十才开始写作此书时，他表示，必须等三个孩子安然度过青春期之后才会写作自己艰险的青春期。“为了写这本书，我知道我不得不将青春期阶段的我重新暴露在那些危险面前。当孩子们还在青春期时，他们应该受到保护。”[16]巴拉德显然希望能够精确还原当年的遭遇，但他所作的处理也是显而易见的，例如，书中将父母排除在主人公集中营生涯之外，这一设定并不符合巴拉德的个人经历。他对此的解释是：“我仔细想过这一点，但我感觉让吉姆当一个战争孤儿更接近事件的心理学层面和感情层面的真实。”[17]然而，纵然这些层面的真实性可以探讨，但最终还是作者个人的。按罗西的观点，《太阳帝国》可以解读为弗洛伊德“屏蔽记忆”的文学变异：“从历史角度来说并不总是正确的，但却能承担压抑创伤经验的功能。”[18]即便是书名本身，也含有多个寓意。巴拉德曾对书名给予了有限的解释：“《太阳帝国》确实同时指有着日升国旗的日本帝国和我们在原子弹标志下共同生存的那个帝国或领域：核时代。”[19]而部分评论认为帝国也暗指中国和美国。

很显然，在《太阳帝国》中，巴拉德并非只是拆解“时间胶囊”并展示其成分，它虽然在巴拉德惊世骇俗的作品中显得最为传统，但极可能是作者投入最多心力、终其大半生写作理想的成果。无论如何解读，以亲历为素材去描绘一个少年眼中的世界大战和集中营生活，让《太阳帝国》不仅在巴拉德的作品中独树一帜，也使它成为二十世纪最珍贵的文学宝藏之一。

人们不想听到的真理：《撞车》

1970年4月，巴拉德在一家伦敦画廊举办了他命名为“新雕塑”的展览，展品是三辆被撞毁的汽车。在开幕式上，一百多人迅速喝醉，现场混乱，作家成了唯一清醒的人。在为期一个月的展览之后，汽车被进一步严重损毁、推倒、涂鸦。“我已经在书中预测了人们的表现。在真的展览中，排队的客人和访问者们的举动基本上是我所预料的。这基本上不是一个雕塑展，而是一个借用了美术展形式的实验心理学展示。”[20]此处所说的书，是同年出版的《暴行展览》。它由之前数年中在杂志发表的实验性短文组成，是巴拉德写作生涯中里程碑式的作品，也是二十世纪最离经叛道的文本之一，曾被美国出版商主动销毁。如果说在此之前的“世界三部曲”（《淹没的世界》《燃烧的世界》《结晶的世界》）及一系列短篇还维持了一个科幻作家形象的话，《暴行展览》宣布了巴拉德在余生中对科幻的彻底超越。

《暴行展览》显然受到了美国实验作家威廉·巴勒斯的影响。但巴拉德对实验文本的探索在其写作生涯中是简短的。巴拉德基于其中一个片段写出了《撞车》，它与接下来的《混凝土岛》《摩天楼》并称为“都市灾难三部曲”，展现了他个人风格最鲜明的创作阶段。

巴勒斯为《暴行展览》美国版撰写的前言当然也适用于《撞车》:“像外科医生一样精准地探索了性的非性根源。”[21]不过，和性有关的内容是后者最受争议的原因。被巴拉德高度赞誉的电影版《撞车》因为有大量性和暴力镜头而被美国电影协会定为最严苛的NC−17级。但如导演大卫·柯南伯格所言，它当然不应被视为色情片。“色情片是用来刺激你的性欲，没有其他的功能。很显然，《撞车》并不是色情的……在大多数电影中，故事停顿，你看到一个性场景，然后故事继续。但并没有什么规矩说你不能用一系列性场景作为结构元素——故事发展，角色显现。为什么不？这是一个人生活叙事的一部分。”[22]

法国哲学家让·鲍德里亚的视角独辟蹊径。他在其1981年的重要著作《拟像与模拟》中用一章专述《撞车》，盛赞其为“模拟宇宙中的第一部伟大小说”。在另一篇文章中，鲍德里亚说：“《撞车》是我们的世界，其中并没有‘发明’什么，一切都是超级功能化的：交通和车祸、技术与死亡、性与摄影镜头。一切都如同一个巨大的模拟和同步的机器；我们自己的模型和环绕我们的模型都加速了，一切都在虚无中混合起来并且具有超操作性。将《撞车》与其他几乎所有科幻区分开的，是它沿着那些和‘正常’宇宙相同的力线和定局投射进了未来。小说能够超越现实（相反亦可，只是更微妙），但根据的是同样的游戏规则。而在《撞车》中，既无小说也无现实——一种超级现实已经废除了两者。在其中，躺着我们当代科幻的定义性角色，假如这样一个角色存在的话。”[23]

值得一提的是，鲍德里亚的这些相关文字在1991年被科幻学术界的重要刊物《科幻研究》第55期作为《科幻与后现代主义》专刊的一部分重新发表，同期发表了若干学者对此的评论，而巴拉德本人也被邀发表了看法。部分学者认为鲍德里亚忽视了《撞车》中的道德观点，巴拉德本人则表达了对自己作品遭到过度理论化解读的反感（虽然他非常欣赏鲍德里亚的某些作品）。巴拉德在另一个场合曾提到："我并不将《撞车》《摩天楼》或《混凝土岛》这类小说视为科幻。我想很多人将其描述为科幻小说的原因是那样能够中和它所散发的不适感。……它们当然不属于主导当代小说的现实主义——我真的只写过一部'现实'小说：《太阳帝国》。不，我认为它们属于另一种文学传统，一个上溯到萨德、被热内和塞利纳这类作家继承的传统。或者说，文学中的坏小子们。一种去处理人们不想听到的真理的非凡强大的传统。我总是视自己为某种伦理家，站在路边举着指示牌：当心，急转，慢行！"[24]

在《科幻研究》第58期中，鲁迪克分析了巴拉德的道德观点："巴拉德对撞车的兴趣是心理学层面的，其想法是个人无意识与外部社会现象有一种直接联系。巴拉德使用单个人物去体现人类欲望的各个方面，其表达则是外部风景，而二十世纪后期西方文明生活所居住的风景进一步的人工化已经证实了后者的力量。巴拉德小说中个人与风景的灾难性互动是精神层面意识与无意识脱节的表述。无意识层面代表真实的欲望，存在的顽固基础，而使用非常弗洛伊德式的——同时也是终极道德的——将黑暗带进光亮之中的方法来让这种现实昭示出来，这便是巴拉德的计划。"[25]

斯蒂芬森另一个角度的观点显然也适用于《撞车》："J.G.巴拉德作品的一个中心是超越的问题，亦即越过、逃离物质世界、时间和空间、身体、感知和普通自我意识的限制。这一主题在不同方向上充满了作者作品的大部分，并常被评家误解为一种对退化、衰败、崩溃和混沌的虚无主义或是宿命论的先入之见……超越的主题所代表的并不是一种对人类价值和目标的否定，而是肯定最高的人文和抽象理想：恢复人作为一种真实而独立的存在。”[26]

《撞车》是巴拉德思想超前于时代的例证之一，它所描述的画面在媒体中已经被越来越多地播放。1989年由塚本晋也执导的日本最重要的赛博朋克电影《铁男》便被学者用来与《撞车》进行比较[27]。1997年戴安娜王妃车祸身亡之后两周，英国作家萨尔曼·拉什迪在《纽约客》发表名为《撞车》的文章，将车祸与这部作品联系起来："巴拉德的小说将我们文化中的两种色情恋物癖——汽车和明星——通过性感的暴力（一次车祸）集合到了一起，创造了一种如此令人震惊以致被认为是淫秽的效果。在戴安娜之死的例子中所添加的照相机，调出了一杯比巴拉德原著中更加强大的死亡与欲望的鸡尾酒。”[28]

记忆和欲望写下的神话：《混凝土岛》

“小说是神经内科的一个分支：神经和血管的场景是记忆和欲望写下的神话。”[29]巴拉德的这句话应该是概括《混凝土岛》的最好方式。在对于巴拉德作品的解读中，不应忘记他经过医科训练的专业知识和观察力，这种素质比巴勒斯所说的“外科医生的精准”要更全面。主人公虽然是一位建筑师，但在困境之中久病成医，对自己的身心状况异常敏感。每一处伤痛的变化，和每个时刻精神状况的起伏，都被观察和记录着。他在探索一座陌生岛屿的同时，也在探索内心交织的记忆和愿望，而这两片风景常常叠印、融合，以至于他会感到岛屿的生命，甚至觉得自己便是岛屿，而在另一些时刻则会清晰感到探索和征服岛屿的需要——换言之，取得对自己内心的彻底掌控。

与《撞车》不同，《混凝土岛》开篇发生的车祸纯属意外，除了使主人公受伤和被困，它造成的额外破坏，是在这位高级职业人士常年按部就班的生活中撕开一道裂缝，长期被压抑的真实人性得以释放出来。他每天检视自己身体的同时也检视着他往昔熟视无睹的城市道路、建筑和天空，观望着不息的车流，游走于自己的精神孤岛。借巴拉德所言：“马克斯·恩斯特、萨尔瓦多·达利、乔治·德·基里科和保罗·德尔沃的经典超现实主义画作中，时间和空间的法则常被取消，现实被解码，以发现日常生活后面的超现实性。”[30]

和《摩天楼》相比，《混凝土岛》展现的是一座倒卧在高速公路之间的摩天楼废墟，被困其中的主人公每天都在探索它的不同楼层，最终与其中的神秘居民对话、争斗、和解、告别。帕迪认为，巴拉德城市小说中的人物可能会以为他们是孤立于世的，但发生的灾难总是暴露这不过是一个幻影。与其他学者不同，他认为巴拉德在三部曲中“向我们展示的并不只是孤立中的人，而是那些自以为已经把自己从世界中移除的伦敦人”。[31]这种自我孤立的现代病症，可以从主人公往日分裂的感情生活和对陌生家具的喜爱中观察到，但当他遭遇真的孤立，却又不禁回忆起家庭甚至童年，然后遇见他原本无缘在这座城市中相遇的其他居民。“通过一种平凡的‘原始主义’的举动，个人能够通过与一种文化缺席的暴力领域进行互动来发现一个更深层、更本真的自我。”[32]贡肖雷克的这一观点其实适用于整个“都市灾难三部曲”。

《混凝土岛》与《鲁滨孙漂流记》的相似之处已经被多位评论家探讨过——事实上，巴拉德的主人公直接把自己与这位三百多年前被困荒岛的人相类比。《鲁滨孙漂流记》一直被认为是殖民冒险的寓言。爱尔兰作家詹姆斯·乔伊斯指出，鲁滨孙·克鲁索“是不列颠殖民者的真正原型，正如星期五是被殖民民族的标志一样”。[33]和笛福相比，巴拉德把殖民地安排在英帝国的心脏中心，被现代人造结构所包围，那是主人公作为一个建筑师和市民所熟悉但如今却不可及的现代世界，而他被放逐的岛屿却只有文明的废墟，正被优美但又不时令人生畏的修长野草所吞没——巴拉德所塑造的蛮荒之地几乎是超现实的，而它的原住民有着比主人公更不寻常的遭遇。《混凝土岛》作为经典荒岛故事的现代版，场景和人物都极其精简，从而尽显巴拉德经营内心—风景互动模型的能力。

逃离所有的人际关系：《摩天楼》

“后来，罗伯特·莱恩医生坐在阳台上嚼着狗肉，回想过去三个月里发生在这幢巨型公寓楼中的件件奇事。如今一切都已回归了常态。”《摩天楼》的开篇即充满了心理冲击力。而在漫长的混乱之后，故事的结尾又回到这个“常态”，只不过几百码之外的另一桩公寓楼中，相似的好戏正在拉开序幕。巴拉德在此呈现的一个观点是：故事描述其实并不是遇险和绝境，而是生活，它讲述的情节并不是人类社会的末日，而是他们的日常。类似的情节将会在当代社会中不断上演。

巴拉德在谈及六十年代以来的西欧年轻人时曾说：“我想，我们在西欧首次看到一代人生活在明智、公正和很大程度上人道的社会之中——铁幕以西的社会民主和全民福利社会——同时对它们深深怀疑，虽然他们事实上认同这些社会的全部价值观念。年轻人理所当然地认为国家会提供免费的大学教育、免费医疗和丰足的消费品经济，但他们似乎依然怀疑在这一切背后藏着看不见的阴谋。最极端的例子是西德的红军派，其恐怖举动似乎是毫无意义和非理性的。不过，当然，这正是那些举动的意义所在——在一个彻底明智的社会之中，疯狂是唯一的自由。我想我的很多小说——诸如《暴行展览》《撞车》《摩天楼》——触动了这些妄想和绝望的情感。而且，在社会各阶层之间有着那么多制度化的巨大分离，在那些知识界精英和那些再也找不到工作的失业者之间，在那些正在进入硅谷的人和那些被留在二十世纪末路的人之间。很多来找我谈论《暴行展览》的年轻人将其视为一部政治作品。对他们来说，我所描述的贪婪的媒体风景是政治剥削的机器。”[34]《摩天楼》所代表的是巴拉德基于群体的创作方向：小型封闭社会的建模。他在余生中朝这个方向进行了大量探索：《可卡因之夜》(1996)、《超级戛纳》(2000)、《千年人》(2003)和最后的长篇《天国》(2006)。

帕迪认为摩天楼被设定在伦敦一片有着非常精确历史契机的区域，它位于市中心边上泰晤士河北岸一处废弃码头和仓储区占据的地方。七十年代的高层公寓建筑是离开市中心迁往“大伦敦”之运动的一部分。随着制造业的衰落和服务业的兴起——后者是巴拉德小说中的职业阶层——他们想住到一个属于正在衰亡的市中心同时又和它拉开一定距离的地方。[35]按帕迪的观点，巴拉德反复强调主人公和其他人物迁入高层公寓是为了逃离城市及其居民："他搬进大厦恰恰是为了逃开任何的情感羁绊。"摩天楼似乎确实提供了这种逃离的功能，正如贡肖雷克在比较《混凝土岛》和《摩天楼》时所指出的："作为由现代遗留的废渣创造出来的某种废地，岛屿是一片**已被**异化的地域，其特征是含义和社会关系的缺席。相形之下，高层公寓是被设计出来的场所，一座在城镇规划和市区重建的框架中创造的建筑，但它的几何结构和它与周边环境的分离使之成为一处**正在**异化的空间。它是一个无法维持本应辅助的社区生活的自足世界，因为它实际上是'一台庞大的机器，其设计目的就是服务于生活；其服务对象并非成群成堆的住客，而是分隔开来的逐个个体'。"[36]

和被困孤岛的《混凝土岛》主人公一样，《摩天楼》的居民们在新的生活空间中与同类遭遇之后，便试图建设一种新秩序。帕迪指出了人类宿命性的结局："巴拉德高层公寓中的居民都是中产阶级，但他们重新创造了阶级或民族的分裂。他们都是白人，但他们在自己的群体中概括出了种族分裂。他们也许尝试过逃离曾帮助伦敦进入现代的帝国主义遗产，但最终强化了将世界划分为文明和野蛮的帝国欲望，并成为其终极的受害者。"[37]

"最终，摩天楼呈现了所有巴拉德式场所的品质：它被关闭，不再与这个星球的其他部分相关，被它自身的超现实逻辑所遮蔽……这些天空殖民者的精神之旅并非回到'自然'；它回归的是童年的无抚育状态：'做出这种和三岁时候没两样的事儿来，长这么大我可真是第一遭了。’生活优裕的无政府主义者之一兴奋地说道。”[38]艾米斯认为巴拉德笔下受困的人物总是更偏爱他们致命和令人不安的环境，摩天楼的坏分子们很快便被新的精神病理学意义上的“可能性”所定义。

但是，这种新秩序和新可能并不是一群伦敦中产阶级的专利，它很可能正在我们附近的一座高层公寓中酝酿着。“一般来说，想象性的假说都是在我自己脑袋里的四个角落之间测试的，虽然我总是希望能看到自己的直觉成真。在开始写作《摩天楼》之前，我在布拉瓦海岸罗塞斯的一幢海滨高层公寓住过一个夏天，那儿离利加特的达利之家不远，然后我注意到住在底层的一个法国住户被上层丢下来的烟头激怒了，开始在沙滩上巡逻，用长焦镜头拍摄丢烟头的人。然后他会把照片钉在公寓门厅的告示牌上。一个非常有趣的展览，我把它当作给我的想象所开的绿灯。”[39]

你已经抵达了自由——绝对的自由

虽然在半个世纪之前就描述了地球两极冰盖融化，但巴拉德作品的前瞻性在于探索了人类社会生活中一些通往隐秘空间的临界点。正如他所说：“人类，是动物王国中正常思维状态最接近疯狂的动物。”[40]他对人类深不可测的精神风景的描绘，没有像另一些科幻变成古装戏，相反，将当年欣赏的艺术和代表的思潮全部远远抛在身后。

巴拉德的传记作家约翰·巴克斯特说："除了与超现实主义艺术的关系之外，他受到的影响几乎难以辨认。那些他在事业早期拥抱的，诸如雷·布拉德伯里和威廉·巴勒斯，都早已被吸收和超越。在如此漫长的写作生涯和如此多的作品之后，他已经比那些滋养了他的传统和印刷文化更长寿。"[41]

巴拉德早期的城市三部曲和大量短篇小说与他后来的作品相比，主题光怪陆离，文笔瑰丽，其价值并不亚于后来影响更大的作品。英国作家、作曲家安东尼·伯吉斯在为巴拉德短篇小说集所写的序言中称其包括了"世界短篇小说正典中最美丽的两个故事"。[42]

英国乐评人西蒙·雷诺兹说："他和马歇尔·麦克卢汉和后来的让·鲍德里亚关注相似的主题。但他比这两位拥有高得多的清晰度和敏锐的感知、更多的文采与机智。鲍德里亚书中所有关于大众传媒的淫秽性、模拟、社会内爆早在巴拉德的小说中便被更有效地探索过了。他很早便已开始探讨万物的成人片化。"[43]

美国评论家苏珊·桑塔格说："我敬仰巴拉德的作品已经很多年。他是当代小说界最重要、最智慧的声音之一。"[44]

并不奇怪，这样一位毕生保持犀利观察力的作家在晚年会对威廉·吉布森和布鲁斯·斯特林等赛博朋克作家表示欣赏："他们写的究竟是科幻或是其他什么，这很难说。事实上，新的通讯方式，特别是互联网，对文学有着巨大的影响——赛博朋克便是它的第一个表述。但对我来说它来得太晚。我从来都没有电脑，至今也没有。"[45]而他被这些作家们尊为宗师也是自然的。赛博朋克的创始人之一斯特林曾说："在我这代美国科幻作家——赛博朋克和人文主义者等等——的圈子里，（巴拉德）是一个伟岸的形象。我们曾经苦苦争斗，看谁比谁更巴拉德。我们知道我们不配给他擦鞋，而我们也很少能够明白我们如何才能到达一个位置，去写出他也许会敬佩或是认同的作品，但我们至少得以目睹他所抵达的成就巅峰。"[46]

巴拉德的原创风格还无人能够模仿，其大胆的文字也使得他与各种大奖无缘。在七十三岁时，他从容拒绝了大英帝国勋章。但这些并不妨碍他的作品影响了包括Joy Divison和Burial在内的两代音乐人，并在三十年的跨度中被风格迥异的导演们搬上银幕。

十五岁离开上海之后，除了偶尔出门度假，他的后半生是在平静的英国小镇谢珀顿度过的。妻子在1964年因急病去世之后，他独自给三个孩子做饭和熨烫校服，送他们去上学，将他们抚养成人。当孩子们玩耍时，他在书房中重访自己不寻常的童年记忆，探索人类社会和心灵中那些最黑暗的角落。"心理医生已经帮不了这本书的作者了。”这是当年一位读者对试读版《撞车》的著名评价。巴拉德的回应是:“假如一位心理医生说‘心理医生已经帮不了你了’——从某种意义上说，这是你能得到的最佳赞赏。你已经抵达了自由——绝对的自由。”[47]

胡凌云

注释

1. Jannick Storm, "An Interview with J.G. Ballard", *Speculation*, No. 21, February 1969, pp. 4–8. Interview recorded at Shepperton, 5 July 1968.
2. 1974年《撞车》法文版自序。
3. "The Strange Visions of J.G. Ballard", *Rolling Stone Interview*, 19 November 1987.
4. 同注3。
5. Samuel Francis, "J.G. Ballard: A Few Brief Queries (Interview)", April 2005, published in *The JG Ballard Book*, The Terminal Press, 2013.
6. 同注1。
7. David Pringle, "Interview with JG Ballard: Psychoanalyst of the Electronic Age", *The New Literary Forum*, Vol.1, No.4, September 1985.
8. 同注5。
9. This interview was conducted by Alan Burns in 1973 or 1974, and published in 1981 in *The Imagination On Trial*.
10. Werner Fuchs and Sascha Mamczak, "George W. Bush möchte ich nun wirklich nicht ficken!" in Sascha Mamczak and Wolfgang Jeschke (Eds), *Das Science Fiction Jahr 2007*, Heyne, 2007.

11. 同注10。

12. *Shanghai Jim*, a BBC original production directed by James Runcie, 1991.

13. 同注7。

14. *The South Bank Show: J.G. Ballard*, ITV, 2006.

15. 胡凌云，“从上海到内层空间”，2009年5月7日，掘火档案。

16. David Lehman with Donna Foote, “Prisoner in Shanghai”, *Newsweek*, 28 January 1985.

17. *Miracle of Life: Shanghai to Shepperton, an Autobiography*, Harper Collins, 2008, p.82.

18. Umberto Rossi, “Mind is the Battlefield: Reading Ballard's ‘Life Trilogy’ as War Literature”, *J.G. Ballard—Contemprorary Critical Perspectives*, Continuum, 2008, p.77.

19. 同注7。

20. “In Conversation with Eduardo Paolozzi and Frank Whitford”, *Studio International*, No.183, October 1971.

21. “Introduction”, *The Atrocity Exhibition*, RE/Search Publications, 1990.

22. “Cannes: Shock Value; Provocations Special: David Cronenberg and JG Ballard”, *The Guardian*, 20 May 1996.

23. Jean Baudrillard, “Simulacra and Science Fiction”, *Science Fiction Studies*, #55, Vol.18, Part 3, November 1991.

24. 同注10。

25. Nicholas Ruddick, “Ballard/Crash/Baudrillard”, *Science Fiction Studies*, #58, November 1992.

26. Gregory Stephenson, “J.G. Ballard: The Quest for an Ontological Eden”, *Foundation*, #35, Winter 1985/86, p.38.

27. Steven T. Brown, *Tokyo Cyberpunk: Posthumanism in Japanese Visual Culture*, Palgrave Macmillan, 2010, p.90.

28. Salman Rushdie, “CRASH” , *The New Yorker*, 15 September 1997.

29. J.G. Ballard quote, back cover of *Ambit*, #33, 1967.

30. 同注3。

31. David Ian Paddy, *The Empires of J.G. Ballard — An Imagined Geography*, Gylphi Limited, 2015, p.130, 154, 156.

32. Andrzej Gasiorek, *J.G. Ballard, Contenporary British Novelists Series*, Manchester University Press, 2005, p.110, 114.

33. James Joyce, lecture on Daniel Defoe, 1912.

34. “J.G. Ballard, *The Art of Fiction No. 85*” , Interviewed by Thomas Frick, *Paris Review*, No. 94, Winter 1984.

35. 同注31。

36. 同注32。

37. 同注31。

38. Martin Amis, “Up!” , a review of High-rise. *New Statesman*, 14 November 1975.

39. 同注34。

40. “J.G. Ballard: The comforts of madness” , *Independent*, 15 September 2006.

41. John Baxter, *The Inner Man — the Life of J.G. Ballard*, The Orion Publishing Group, 2011, p.343.

42. Anthony Burgess, “Introduction” , *The Best Short Stories of J.G. Ballard*, New York, Holt Rinehart and Winston, 1978.

43. “Magisterial, Precise, Unsettling: Simon Reynolds on J.G. Ballard” ,

032c, Issue #18 — Winter 2009/2010, pp.126–129.

44. “Endorsement in the advertisement of *Love and Napalm: Export USA* (Grove Press)” , *Evergreen Review* Vol.17, No.96, Spring 1973.

45. 同注12。

46. Simon Sellars, Bruce Sterling and V. Vale, “Myths of a Near Future” , panel discussion of the work of J.G. Ballard, Kosmopolis 08 literary festival at Centre de Cultura Contemporània de Barcelona (CCCB).

47. 同注3。

目录

摩天楼

都市灾难三部曲

Urban Disaster Trilogy

1

1. 临界

后来，罗伯特·莱恩医生坐在阳台上嚼着狗肉，回想过去三个月里发生在这幢巨型公寓楼中的件件奇事。如今一切都已回归了常态。想当初，却也并未显露出苗头或是节点，众人的生活就已显而易见地步向了越发险恶的境地，这颇令莱恩诧异。这幢大厦拥有四十个楼层、上千间寓所，那些建在半天高的超市、泳池、银行和小学，还未报废却已无人光顾，以此，摩天楼为暴行和冲突提供了百般充裕的条件。当然，只要还有选择，莱恩绝不会让自己位于25层[1]的这间寓所也变成前哨阵地。离婚以后，他花了大价钱，在这些犹如嵌在峭壁上的诸多公寓里买下了其中一间，为的就是它的清净、私密。然而够稀奇的是：尽管莱恩已小心远离这楼里两千住户的一应大小是

1　在英国，建筑的地面第一层被称为"底层 / 地面层（ground floor）"，第二层称为1层，第三层称为2层，依此类推。为方便阅读，译本保留原文的英式楼层计数。——译注，全书下同

非，可当初，第一起大事件偏就发生在了他家的阳台。此刻，他正蹲在这阳台上，傍着用电话黄页升起的一堆火，啃着德国牧羊犬的一条后腿，打算用餐完毕就去医学院给学生上课。

三个月前的一个礼拜六，早上11点多，莱恩正在准备早餐，客厅外的阳台上一声炸响把他惊了一跳。一瓶气泡酒自50英尺高处落下，被雨遮打了个绊儿砸进他寓所的客厅阳台，轰开满地。

客厅地毯上，星星点点尽是酒沫和玻璃碴。莱恩光脚站在锋利的碎片当中，看酒迸着气泡在碎瓷砖面上横冲直撞开来。头上面，31层，一场派对正欢，那种刻意为之的热络攀谈和咄咄逼人的刺耳乐声连莱恩都能听得见。大约这酒瓶子是搁在阳台护栏上，被哪位不当心的客人碰翻了掉下来的；至于这枚液体导弹究竟投到了哪儿，不用说，派对里没谁会抱有哪怕半点的关心。莱恩早就发现了：这摩天楼里的人，从不在乎那些住在自己两层以下的住户。

莱恩想出去确认一下到底是楼上哪一家，于是起身，跨过那摊泡沫走出了客厅。再坐在那儿闻酒味儿，他就该成全世界宿醉最久的那一个了。莱恩靠着护栏小心探出身子，数着阳台一层一层往上找。只不过，这40层高的大厦还是庞然得让他眩晕，他赶紧将视线落回瓷砖地板，靠着门框收收神。毗邻的摩天楼，最近的那一幢也离了有四分之一英里，空间之开阔，令他几乎失去平衡；有时他甚至怀疑自己是不是住进了摩天轮的某个舱里，被永远地悬停在了300英尺高的地方。

即便如此，这摩天楼带给他的振奋依旧不减。五幢一模一样的大厦当中，这是最先竣工且有业主入住的一幢。整个开发区地处河北岸，占地一平方英里，附近是废弃码头和仓储区。五幢摩天楼在开发区东线一字排开，面对着暂时还是个混凝土空池的人工湖，周围则是停车场，以及各种施工设备。湖对岸是一座新近落成的音乐厅。它的一侧是莱恩任教的医学院，另一侧则是一家电视台工作室。放眼四野，在大片划地待兴的十九世纪老排屋和空置旧厂房之间，这一方的玻璃与混凝土以其规模的宏大和坐拥河畔的醒目位置，将这整个开发区与周遭的破败截然区分开来。

延河向西两英里便是城区。于空间、于时间，伦敦市中心的那些写字楼已然属于一个迥异的世界。因为交通尾气的遮蔽，那些玻璃幕墙和通讯天线模糊难辨，莱恩对从前的记忆也是如此。六个月前，莱恩卖掉了自己在切尔西[1]的住所，栖身这摩天楼，一下子先进了五十年，远离了局促的街道和拥堵的交通，从此他再也不必在高峰时段挤地铁，去老教学医院的多

1 位于伦敦西部、泰晤士河北岸，是有名的富人区。

人办公室里指导学生了。

从另一方面来说，他生活的维度是空间、光线与一种微妙的匿名感。现在，只须驱车五分钟，莱恩就能抵达任职的医学院生理学系，而除了为此出门，他的日子就全在这摩天楼里过，什么都不缺，就跟这幢楼一样。实际上，这公寓大楼就是一座垂直的小城，两千住户被装箱叠上了天。全楼归住户共同所有，由驻楼物业经理及一组员工来管理。

大厦整体尺寸惊人，其配套服务的规模亦相当可观。整个第10层用以开辟中央大厅，宽阔得堪比航母甲板，配备了超市、银行、美发沙龙、游泳池和健身房，更有一家贮货丰富的酒廊和一所专为业主子女开设的小学。往上，第35层，另配有一个小型游泳池，还有桑拿浴室和餐馆。这种供过于求的便利真叫人倍感欢欣，也令莱恩越来越少离开大厦。他搬出自己收藏的唱片，奏响新生活的乐章；而当坐在阳台上看向下方的停车场和广场的时候，虽说只住在25层，他也依然有生第一次感觉到自己是在俯瞰天空，而非仰望。每一天，那个塔楼林立的伦敦市中心都在离他越来越远，像废弃的星球一般慢慢从他的脑海里转离出去。此刻，视野低处的音乐厅和电视工作室有着平和的、无拘无束的几何线条；与此形成鲜明对比的是远方的城市天际线——它参差零落得如同一张患不明精神疾病的人的脑电图，还被干扰了波形。

公寓售价不菲，客厅和独卧、厨房和浴室之间都严丝合缝，一点窄道不留。莱恩的姐姐艾丽斯·弗罗比歇和她那位出版商丈夫住在22层一间稍大的公寓，莱恩曾跟她说："大厦的设计师肯定是在太空舱长大的——我好意外这墙壁没有弧度……"

起先，莱恩觉得这片开发区的混凝土景观略不亲和，潜意识里，让人觉得是设计了打仗用的。刚刚从神经紧绷的离婚事件中脱身，莱恩最不想要的就是每天早晨望向窗外的时候，还得看到那些混凝土碉堡。

不过，艾丽斯很快就拿这豪华大厦里美好的生活前景来宽慰他。她比莱恩大七岁。在弟弟离婚后的那几个月里，她为他的现阶段之所需做了个精细评估，之后尤其强调大厦生活的诸般便利、尽享私密——"你可以独自住在这么空的楼里呢——想想吧，罗伯特，"又前后矛盾地加上一句，"何况，满大厦里的各种人都是你该去结识的。"

姐姐提到的这一点，莱恩在去大厦实地考察的时候就注意到了。这两千名住户本质上是同一类人群，他们都是富有的专业人士，有若干律师、医生、税务顾问、高级学者、广告业高管，还有好几位飞行员、电影业技术员，以及合住一屋的三位空姐——若以财力学历这类惯常的标准来衡量的话，他们都拥有相当一致的品位和态度、时尚和风格，相互间接近得恐怕超过任何你能想到的社会群体。这样的一致，全都一览无遗地反映在停车场上一时之选的各家车款、大厦内优雅得略显程式化的装潢陈设、超市里复杂考究的精选熟食和住客们自信的腔调口音当中。简而言之，这样一个完美的背景，足以让莱恩融于无形。而莱恩“独自住在这么空的楼里”此一热切愿景，与既成事实的差距之小，也远超他姐姐的预期。整幢摩天楼就是一台庞大的机器，其设计目的就是服务于生活；其服务对象并非成群成堆的住客，而是分隔开来的逐个个体。空调管道、升降电梯、垃圾处理滑槽和电气开关系统的工作人员们为居民提供着无尽的照料关怀。一个世纪前，这样的服务可得一军团仆人不眠不休才做得到。

撇开这一切不说，在这片区域买公寓还有一个原因：莱恩到附近这家新建的医学院任职生理学高级讲师了。干回医生老本行的这个念头也又一次被他暂时抛诸脑后。不过他还是告诉自己：也许这摩天楼里还真就会住着他的病患呢？莱恩替自己打消了对公寓天价的疑虑，签下九十九年契，搬进来占了这峭壁上的千分之一席。

头上面的派对喧嚣依旧，还仿佛被大厦周围上升的气流放大了音量。最后那一点儿气泡酒闪着光，顺着阳台的沟槽淌进了锃亮的排水管。莱恩踩在冰凉的瓷砖上没有穿鞋，玻璃碎片上脱落的酒瓶标签粘到了他的光脚上。他立刻就认出这是个专仿昂贵香槟的牌子，在10层的酒廊可以买到冰镇的，这也是他们店里卖得最火的一款。

这酒前一晚他们也才刚喝过，就在艾丽斯家的派对上，可以说当时也发生了一件令他措手不及的事。因为那天整个下午都在生理学实验室做演示，莱恩到晚上还亢奋得静不下来。他注意到一位风采迷人的宾客，不意竟发现自己已卷进了一桩小矛盾。对方二人是他25层的隔壁邻居。一位是矫形牙医，名叫斯蒂尔，年纪轻轻很有企图心的样子；另一位是他的妻子，是个个性强势的时尚顾问。莱恩和他们醉醺醺聊了半道，才蓦然警醒：因为两户共用的垃圾槽的事儿，自己已经把他们家得罪得不轻。小两口把莱恩逼进了他姐姐吧台的死角，斯蒂尔用一连串尖锐的问题向莱恩开炮，活像哪位牙科病人没管好自己的嘴而把他激怒了。他的瘦脸上方顶了个中分头，让莱恩联想到电影里某一类性情古怪的角色。斯蒂尔步步迫近，莱恩有些许期待对方也给他的牙齿上一把铁钳，上牵引器也行。急躁却又迷人的斯蒂尔太太也没放过莱恩，她多少也是被莱恩给惹火的：此人干什么都是随随便便，彻底没把“生活在这大厦里”当成是一件很严肃的事情；此人喜欢午餐前喝鸡尾酒，还喜欢在阳台上裸体日光浴，从头到脚那股游手好闲的调调显然让她焦躁。她无疑认为，在莱恩这种三十出头的年纪，理应在咨询公司那种体面地方每天上班十二小时，还要像她丈夫一样全方位提升自己；她认定了此人是医护行业中的一个逃兵，由某个秘密通道逃去了一个不太需要担当的世界。

这种小口角让莱恩错愕。早在刚搬入公寓，他就立刻觉察到周遭赤裸裸的敌意多得惊人。摩天楼自带了第二重活法儿；艾丽斯家派对上的这场对话在两个层面上并行推进——在专业级八卦的泡沫之下，没多深，便是个人恩怨的硬壳。莱恩时常感觉这里所有的人都在等，等着有谁惹出一个大乱子。

用过早餐，莱恩去清扫阳台上的玻璃碴。两块瓷砖被砸破了。他有点愤懑，拎起还带着木塞和铝箔的酒瓶脖子，一把甩出了阳台护栏。几秒钟后，楼下传来它在车辆空隙摔碎的声音。

莱恩冷静下来，从阳台上小心朝下望了望——刚刚差点就砸了哪家车的挡风玻璃。莱恩被自己这种一反常态的行径逗笑了。他又抬头看看31层——都已经到了早上11点半，他们这是在庆祝什么事情吗？听动静，好像来了更多客人。这派对到底算是一不小心开场早了，还是已经玩了通宵现在在走第二拨？摩天楼内部自有一套时间，就好似人为制造出来的某种心理气候，循其自身的律动而动；循其源，则是酒精加失眠。

向阳台斜上方看，是邻居夏洛特·梅尔维尔，她正将一托盘饮料摆到阳台的桌子上。肝脏一阵痉挛，略觉恶心的莱恩想起来了：前一晚，在艾丽斯家的派对上，他应下了这么个鸡尾酒邀约。当时，幸亏有夏洛特在，他才得以脱身，从那位已经对垃圾槽事件魔障了的牙医身边逃离开。那会儿莱恩已经喝多了，没办法和这位标致的35岁寡妇再去其他什么地方，只匆匆了解到她是一位广告文宣，就职于一家小而活跃的广告公司。两人住处近在咫尺，她为人又不拘小节，这无不吸引着莱恩，让他兴奋地嗅到了可放荡可温存的混合气息。随着年岁渐长，莱恩发觉自己越发浪漫，也越发薄情。

莱恩不断提醒自己，摩天楼里可是处处皆风流。闲极无聊的太太们在慵懒的午后时分打扮得好像要去赴观景天台的午夜盛宴，或流连在泳池餐馆一带，或是手挽着手漫步于10层的中央大厅。她们施施然和莱恩擦肩而过，眸子里透着迷醉与自持。装得再玩世不恭，莱恩也很有自知之明：在这段空窗期里，自己很脆弱；不管是和夏洛特还是和其他什么人，只要一桩风流韵事，都会让自己转眼栽进下一场婚姻。可他搬进大厦恰恰是为了逃开任何的情感羁绊。当医生的父亲过世，而哪怕见到姐姐，想到他们那位守寡后慢慢染上酒瘾的神经质的母亲，都一度让他觉得太亲近，不安心。

不过，所有这些顾虑，夏洛特轻松撂到一边。她心里可还装着丈夫罹患白血病而死的事，还在操心6岁儿子该享有的福利。她告诉莱恩，说自己有失眠的毛病——全楼的人都在抱怨失眠，这都快成传染病了。莱恩遇到的那些住户，一得知他是内科医生，就都会这样那样地提一句自己失眠。家家派对上，人人都在谈失眠，如同谈楼里的那些设计缺陷一般。而直到天光微亮，在速可眠的一道无声的潮涌过后，这两千住客才肯真正安分下来。

莱恩是在35层泳池第一次遇见夏洛特的。他常去那里，一来因为他想独处，二来也为避开10层泳池的那些小朋友。当时他邀夏洛特去餐馆，夏洛特没二话就答应了。不过，两人一落座，她就表态："我不聊别人那些有的没的。"

莱恩就喜欢这样。

中午，莱恩进到夏洛特寓所里的时候，另一位客人已经来了，是个名叫理查德·怀尔德的电视制作人，壮实、好斗，曾是英式橄榄球联盟的一名职业球员。怀尔德夫妇和两个儿子住在大厦的2层。他和他那帮飞行员、空姐朋友常在低楼层开些震天响的派对，动静之大，早把他推上了各种纠纷的风口浪尖。某种程度上，正因为这经常性的不守规矩，让低层住户同他们的高层邻居往来无门。艾丽斯曾私下里不经意间告诉弟弟，说这楼里根本就有个妓院。——空姐们在忙碌的交际场上行迹诡异，尤其还上到了比艾丽斯家更高的楼层，这显然让她心神不宁，就好像她们以某种方式干扰了这大楼里正常的社会秩序，坏了以楼层高低论先后的规矩。莱恩也早就注意到：自己和其他房客一样，对于从头上面下来的任何噪声破事，都远比对从脚底下上来的要宽容得多。不过呢，他喜欢怀尔德的大嗓门和橄榄球式的争抢做派；是他，为那些不很常见的事情在大厦里赢得了一席之地。怀尔德怕是跟夏洛特有些扯不清。此人床笫间的侵略能力之强、范围之广，相当令人不安，无怪乎他老婆看上去永远那么有气没力。那是一位脸色苍白的少妇，硕士毕业，现在在给文学周刊写儿童读物的书评。

莱恩走上阳台，从夏洛特手里接过饮料。明亮的半空中，楼上派对的轰响从天而降，仿佛天空被通了电发出来的。夏洛特指着莱恩阳台上还没扫干净的一片玻璃碎渣，问怀尔德：

“你有没有遭袭？我听见有东西砸下来了。”看到怀尔德正走回客厅沙发里坐下，摆弄起自己壮硕的腿，她又加了一句，“是31层那些人。”

莱恩问：“什么人？”他以为夏洛特会指明具体的某个群体，比如那些跋扈的电影演员或是税务顾问，或者是那帮变态酒鬼。不过夏洛特含义不明地一耸肩，好像在说：已经没必要再怎么具体了。很明显，她心里早已划好了界线；一如他，久已精于以楼层识人。

三人回到客厅，莱恩道：“顺便问一句，我们这儿又是在庆祝什么？”

“你不知道？”怀尔德指指墙和天花板，“楼满了啊。我们到临界了。”

“理查德是说，最后剩的那间公寓也已经有人入住了。”夏洛特解释，“承包商有一次随口答应过，说等到第一千间公寓卖出去，就开个免费派对。”

“我真乐意看看他们到底开不开这派对。”怀尔德道。很明显这人乐于唱衰这摩天楼。“那个叫人捉摸不透的安东尼·罗亚尔还得提供酒水。估计你见过他，”他对莱恩说，“就是设计我们这座悬吊天堂的那个建筑师。”

“我们一起打壁球的。”莱恩回他。听出对方话里的不善，他又加了一句：“一周就玩一次。我不怎么了解这个人，但我喜欢他。”

怀尔德向前坐，用拳头支着自己结实的脑袋。莱恩注意到他不停地触碰自己，一直在拨弄自己粗壮小腿上的腿毛，或者嗅自己满是疤痕的手背，就好像才刚发现自己有这副身体似的。“不一般啊你，能认识他。”怀尔德说，“真想搞清楚为什么。这人这么孤高，我本来应该特烦他，但不知怎么，我又挺可怜他，这么成天悬在我们头上转来转去，搞得自己像个堕落天使一样。”

“他那是买了带套间的顶层豪华公寓。”莱恩给话题下了结语。他无意因为和罗亚尔的浅交而卷进什么拉锯战。这位富有的建筑师是负责设计这个开发区的财团的前成员。当时这位罗亚尔开车出了点小事故，到了康复期的末尾，莱恩上楼去他的顶层豪华公寓，帮他设置那台复杂的健身机，他就是在那时候认识罗亚尔的。罗亚尔一天到晚都待在那个顶层豪华公寓，那个吸引了无数好奇与关注的地方。每个人都在不断重复再重复地说罗亚尔是住在大楼的“最顶尖儿”，活像他住在了什么魔法小屋里边。

“罗亚尔是头一个搬进来的。”怀尔德告诉莱恩，“他有些东西我还没去弄明白。搞不好他是干了什么坏事心里有愧，才把自己这么悬在上面，等着谁来发现他这么个罪人。我巴不得他走掉几个月，他明明有个有钱又年轻的老婆啊，干吗还老是待在这种美其名曰的豪宅里头不出门？”莱恩还没来得及反驳，他又继续道：“我知道的，夏洛特对在这里的生活并不满意，这地方设计有问题，他们就没替孩子考虑过，全大楼唯一的开放空间居然是别人家的停车场。忘了提，医生，我正在计划拍一部大厦的电视纪录片，我要毫不留情地直击住在这种超大公寓里的生理心理压力。”

“那你会有很多料可以用了。”

“料太足了，就没缺过。不知道罗亚尔肯不肯一起来——你可以去问问他啊，医生。他可是大楼的设计者之一，也是头一位业主，他的看法应该会有意思。你的也是啊……”

怀尔德抽着烟说话飞快，烟气加速从他嘴里不断往外喷。莱恩把注意力转移到了夏洛特身上。她正专注地看着怀尔德，每当他说到哪个点上，她都会点点头。莱恩喜欢她那种为自己和幼子力争的决心，喜欢她明晰的思路和极强的判断力。而莱恩自己的婚姻则是一场短暂而彻底的灾难，充分诠释了什么叫“夫当何所求，唯有老天懂”。前妻曾是他的同事，是一位内科医师兼热带疾病专家。莱恩相信了自己一贯不出错的判断，于是跟这位神经过敏又不安于现状的年轻女医生走到了一起。为了她，莱恩差点就没再继续教书——虽说他也对当不当老师并不坚定；而她所在的预防医学领域所带来的无尽争议，还把莱恩也拖进了政治泥潭。在一起才六个月，她又突然加入了一个国际饥荒援救组织，要一走三年。莱恩无意同行。他暂时还不情愿放弃教学，放弃教几乎同龄的学生所给予他的那种安全感——即便这安全感其实挺没说服力的。至于为什么不情愿放弃，他也说不清。

莱恩觉得夏洛特应该会懂他这些。他在满脑子想着可以用什么方式让自己跟她偷欢一场。这摩天楼，让人和人之间亲近又疏离。这样模棱两可的氛围里，可能发生最曼妙的情事，这已让他兴意盎然。不过，不知怎么的，他发现哪怕只是虚构这样的邂逅，都会让自己意识到彼此将不自觉牵扯太深，于是心生退却。角力和吸引，交织成了一张几近有形的网，将他二人网到了一起。

不出所料，哪怕是夏洛特家的这样一个小聚会也是用来试探的，看看莱恩对于高层住户要在35层泳池下儿童禁令是个什么态度。

“住房合同里白纸黑字，我们对一切公用设施平等享有使用权。”夏洛特说道，“我们决定成立一个亲子行动组。”

“那跟我没关系吧？”

“我们委员会里需要有个医生，罗伯特，有你在，碰到跟儿科有关的很多问题，理论起来我们才更站得住脚。”

“这个，可能……”莱恩迟迟不肯应允。都还没搞清怎么回事呢，他就已经要在一部相当尖锐的电视纪录片里出镜，可能还要去物业经理办公室的门口静坐抗议。就这么被人拐进楼层间的矛盾，莱恩有些不情愿，便起身告辞。他离开后，夏洛特拿出早已写好的投诉清单，坐到怀尔德旁边，把要列给物业经理的投诉条目拿笔逐一标记出来，就好像一位敬业的老师在准备下学期的教学大纲。

莱恩回到自己寓所的时候，31层的派对已经结束了。他站在阳台上，静静欣赏着四百码开外隔壁楼的瑰丽灯火，那幢大厦刚竣工不久。巧的是，就在莱恩这边最末一户入住的这天一早，那边也搬进了第一户。这会儿，一辆家具搬运车正在倒车进货梯，地毯、音响、梳妆台、床头灯很快都会运上去，营造一方私密天地。

在那陡峭的外墙面上凭窗而望，新住客大概会被第一眼的愉悦狂喜所淹没吧？想到这里，莱恩便也想到了怀尔德和夏洛特的那番对话。尽管不情愿，他也不得不接受一些自己先前极力无视的事实：过去的这六个月里，邻里纠纷层出不穷——电梯空调出故障，不明原因闹停电，再算上噪声扰民和车位争抢，总之，都是因为此类天价公寓所不该有的大量设计瑕疵而导致的口角。潜在于住户之间的情绪已经紧张到让人无法忽略；而情势能得以压制，部分是因为这楼里尚在使用文明用语，部分则是因为一种明显的需求，要让这庞大的公寓楼成为理想住所。

莱恩回想起了前一天下午，发生在10层购物中心的一件不算多大，但不太愉快的事情。当时，他正在银行等着兑支票，发现泳池门口有人起了冲突。几个孩子刚从池里爬上来，全身湿淋淋的，被住在17层一位魁梧的会计师逼得连连后退。在这场实力一边倒的对峙中，莱恩看到正对着自己站着的那位是海伦·怀尔德。长久以来，她丈夫的嚣张仿佛已吸干了她身上的自信。她正紧张地尽量稳住孩子，默默受着会计师的呵斥，偶尔弱弱地回顶两句。

莱恩走出银行，穿过超市结算柜台的人群和坐在美发沙龙干发机底下的几排女顾客，径直朝他们走过去。他站到怀尔德太太身旁没作声，直到她把他认出来。其间，他也弄清了会计师发难的原因：海伦的两个儿子不止一次把尿撒在了泳池里。

莱恩帮忙略作调停，但会计师依然摔门而去，且相信怀尔德太太已受到了足够的威慑，绝不敢让她那窝崽子再上来越雷池一步。

“多谢你肯替我撑腰——这种事情本该是怀尔德来做的。”海伦拨开落进眼里的湿发，“真的是越来越不像话了——我们已经排定了时间专门留给孩子，可这些大人还是随便来。”她扶着莱恩的胳膊，紧张得不敢正眼看大厅里的人来人往，“介意陪我走回电梯吗？听起来肯定很偏执，可是我真的摆脱不了这个念头，我总觉得我们迟早会遭到人身攻击……”她裹着湿毛巾微微发抖，边说边催着孩子往前行，“这些人根本就不像住在这楼里的人。”

整个下午，莱恩都在想海伦的最末一句。虽然听来荒谬，却也不无道理。牙医邻居和他太太偶尔走出阳台的时候，会向着莱恩皱起眉头，仿佛是对他在躺椅上懒洋洋的卧姿表示不认同。莱恩曾尝试过想象这对夫妇的生活，想象他们的习惯、他们的对话、他们的房事。然而想要具象出他们的任何一个居家场景都是难事，斯蒂尔家简直堪比两位秘密特工在扮夫妻，还扮得不那么令人信服。相比之下，怀尔德家的倒是够具象，但又具象得几乎跟这摩天楼两不相干。

莱恩躺回阳台，望着夕阳的余晖划过毗邻的几幢大厦。大厦的个头看似随着投在它们身上的光线而变幻，没个定数。有那么几晚，从医学院下班回家，他简直相信这摩天楼在白天里又长个儿了——那混凝土腿柱站了起来，40层的大楼显得又高了，就好像是哪队建筑工人从对面电视台工地下了班，走到这一头又随手把这大厦加盖上了一层。暮色中，这一英里方圆的开发区里，五幢大厦在东线矗立成了一道魁伟的栅栏，把身后的城郊小径尽数拦进黑暗。

这些摩天楼甚至连太阳都敢挑战了——罗亚尔和其他几位建筑师肯定都不曾预见，在这一垛垛混凝土板与东升的旭日之间，每一个黎明都在上演一出对手戏。晨曦恰到好处地先是显现在几幢大厦的楼脚之间，之后战战兢兢一路向上翻过地平线，就好似害怕惊醒了这一整排巨人一般。而到了早间，莱恩从医学院顶层的办公室向外眺望，看着大厦的阴影从停车场的这头一直挂到开发区空广场的那头，大开着闸口，仿佛对白日天光的到来准许同行。尽管保留意见不一而足，莱恩仍第一个承认：这些庞大的建筑已经胜利达成了它们对天空的殖民。

当晚，9点钟刚过，一次供电故障让第9、10、11层黑成一片。回想起这段小插曲，莱恩很是惊讶于才十五分钟没点灯就能乱到那个地步。10层大厅站了两百多人，其中大多还在电梯或楼梯间的拥挤惊逃中挂了彩——住低层的要回家，坚决要往下走；住高层的嫌人多，坚决要往上走，于是黑灯瞎火里，爆发了相当数量的、可笑却并不愉快的争执。断电期间，二十部电梯里有两部停工，空调系统也关闭了。其中一部电梯卡在第10层和第11层之间，里面的一位女乘客被吓得歇斯底里，可能是成了一宗性骚扰的受害者，不过侵害情节尚轻——光明适时回归，昭彰了见不得光的勾当，令它无法再似某类贪婪的植物品种一般在黑暗中欣欣向荣起来。

停电时，莱恩正往健身房去。他对参与大厅混战并没什么兴致，只走进小学的一间空教室里等待。独自坐在小小的课桌中间，他看着四周墙壁上那些轮廓模糊但难掩童稚的画作，耳边传来的则是那些孩子的父母们在候梯厅的扭打谩骂。等到灯光重又亮起，他走出教室，走到那些受惊不浅的住户当中，尽可能逐个安抚他们，又指导众人把电梯里那位歇斯底里的女乘客抬到了候梯厅的沙发上。这位女士身子骨粗实，是40层珠宝商的太太，她死命抓着莱恩的胳膊，直到她丈夫出现了才松手。

人群开始渐渐散开，住户们都忙着猛戳各自目的地楼层的电梯按钮。莱恩发现：有两个在停电期间待在另一间教室的孩子正站在泳池的入口往门外退，又是在躲着里面那个17层的大个子会计师。门里的那位则手持一把长柄的泳池撇渣器，活像自封的镇水护卫抄了件奇异的兵器。

莱恩动了气跑上前去，小朋友们也不甘心就此被打发走，让出位置给莱恩。会计师站在泳池边沿，却是在笨手笨脚地想把撇渣器从平静的水面上够过去。深水区里还有三位泳客，他们靠踩水撑过了刚才的停电，现在正吃力地往池边爬。莱恩拿眼一扫，不用想就知道其中一个是理查德·怀尔德。莱恩拿过长手柄。在孩子们的注视下，他帮着会计师，将撇渣器探过了整个水面。

浮在泳池正中的，是一具阿富汗猎犬的尸体。

2. 派对时间

在狗淹死之后的那些天，摩天楼内部过度兴奋的气息逐渐有所缓和。但于莱恩医生而言，这种相对的平静愈加不祥。10层的泳池再也没人光顾，莱恩猜测部分原因是大家都觉得池水被那条阿富汗猎犬的尸体给污染了。死气沉沉的水面上方仿佛飘浮着一团几可触摸的瘴气，就好像那只溺毙的牲畜阴灵尚在，于此为自己召齐了这楼里所有复仇和惩罚的力量。

事件过去几天后，一个清晨，在去医学院的途中，莱恩顺道去了一趟10层的中央大厅。他预定好同安东尼·罗亚尔每周一次的壁球赛的场地，之后走向泳池的入口。回想起停电期间的恐慌和奔逃，相比之下，购物中心现在基本没什么人，只有一个顾客在酒廊买葡萄酒。推开门，莱恩沿泳池走着。更衣室全都关着门，淋浴间也都拉着帘子。泳池负责人是一位退休的健身教练，向来都在跳水板后方的隔间里，今天也不在岗，显然是自家池水遭到这般亵渎，他无力承受。

长亮的日光灯下，莱恩在铺着瓷砖的深水区边沿站定。时不时，大厦四周的气流令建筑有轻微横移，让平静的水面漾起带着警告意味的波纹，仿佛池水深处有一头巨兽在睡梦中翻身。帮会计师把阿富汗猎犬从水里捞出来的时候，莱恩惊讶它的体重怎么那么轻。它像一只大白鼬一样摊在彩色瓷砖上，光亮尊贵的被毛已被含氯的池水泡透。狗主人是一位住在37层的电视女演员。在等她下楼期间，莱恩仔细地检查了犬尸。没有任何外伤或捆绑的痕迹，很大可能是它自己从家里溜出来，蹿进了哪部正好经过的电梯，又在停电大乱当中跑到了购物中心，结果掉进泳池力竭而死。然而这个解释与事实相悖。停电仅仅持续了十五分钟，这样的大型犬却可以在水里游上数小时，更何况在浅水区它根本就能用后腿直立起来。不过，倘若它是被扔进池子，再在黑暗中被哪个水性好的人摁在水下……

这怀疑不禁让莱恩自己也吃了一惊。他沿着泳池又绕了一圈。有某些原因让他确信这是蓄意挑衅，意在挑起进一步的报复行动。摩天楼里的五十多条狗一直都是叫人讨厌的存在。和楼里五十多个孩子大都住在最底下10层恰恰相反，狗主人绝大部分是最上面10层的住户。那可是一群被宠坏的纯种宠物，它们的主人对各位邻居的舒适和隐私并不在乎。晚间遛狗时，宠物们每每在停车场附近乱吠，在过道上便溺。不止一次，电梯门也被狗滋上了尿。莱恩听海伦·怀尔德抱怨过，说狗主人都不进另一间专属候梯厅去乘坐他们那五部直达顶楼几层的高速电梯，而是惯于改乘低楼层的电梯，然后纵容自己的宠物把电梯当成厕所用。

狗主人和小孩家长之间的对立，在某种程度上已经导致了大厦的两极分化。10层到30层之间的大量公寓形成了缓冲带，在阿富汗猎犬死后的短暂过渡期里，某种心照不宣的宁静降临在大厦的中段，仿佛其间的住户已然明白这楼里正在发生着什么。

莱恩意识到这一点，是在那天傍晚，从医学院回来的时候。一般来说，到了晚上6点，为20层至25层住户预备的车位就都已经停放满了，他往往得把车泊到离大厦三百码远的访客停车场里。建筑师把停车场设计成楼层越高车位越近，毕竟住得高了，乘电梯耗费的时间就会比较长。于是低楼层的住户每天都得在楼和车之间来回步行很远——这种事情谈不上称心，就莱恩所见。很莫名，这摩天楼总能成全出最琐碎的情绪冲动。

不过，那天傍晚，当莱恩抵达已经泊满车的停车场时，邻居的大方让他受宠若惊。他和斯蒂尔医生前后脚到，二人本当奋力争抢这最后一个车位，然后分乘两部电梯回各自寓所。但是今晚，他们彼此谦让着，殷勤得过了头，之后又候着对方把车泊好，甚至还结了伴向正门走。

入口大堂里，一群住户正站在物业经理办公室外面冲他的秘书大声抗议。第9层的供电系统依旧不工作，一入夜，整层全黑。虽说夏天日照长已属大幸，但也还是给50户人带来了很多不便。寓所里的电器无一能用，上下楼层的邻居对他们的协助也已达到极限。

斯蒂尔看着他们，并没有同情他们的样子。才不到30岁，他的举止已妥妥像个中年人。莱恩察觉到自己着了迷一般看着他头上完美的中分，像在探一个洞穴。

“这些人啊，总有事情发牢骚，”走进电梯时，斯蒂尔跟莱恩私下说，“不是这儿就是那儿的。新楼里的配套服务总需要一定时间才能运转顺畅，可他们偏不接受。”

“毕竟，停电还是麻烦的。”

斯蒂尔摇摇头：“他们啊，老是开那些复杂的音响设备，用各种不必要的电器，把总闸搞到过载。那些当妈的，都懒得从安乐椅上坐起身来，于是还用上了什么电子婴儿看护器，给小孩做饭还要用专用搅碎机……”

莱恩只求这一程赶紧走完，对于刚和邻居之间萌生出的凝聚力，他已经后悔不迭。说不出为什么，斯蒂尔让他感到紧张。这已不是第一次了，莱恩多么希望自己当初买的公寓是在30层以上。高速电梯堪称极乐。

到达25层走出电梯的时候，他表示：“我看这里的小朋友都还不错的。”

牙医用奇大的力气抓住了莱恩的手肘。他的笑容让人宽慰，咧出的那一嘴牙亮得好似用抛光的象牙雕刻出的迷你教堂。

“相信我，莱恩。我看的可是他们的牙。”

斯蒂尔的语气里带着问难，就好像不是在说自己那些富足的邻居，而是在形容一群大多没什么出息的外来务工者，这让莱恩感到意外。他自己是和9层的几位住户略有交情的：一位是社会学家，是夏洛特·梅尔维尔的朋友；一位是空中交管员，常和住在25层的朋友玩弦乐三重奏，此人风趣优雅，提着大提琴进电梯的时候，莱恩常与他聊天。不过，旁观者清。

出门找安东尼·罗亚尔打壁球的这段时间里，莱恩对站队效忠的分化程度有了清晰到家的认知。他搭乘电梯到了40层，且像往常一样早到了十分钟，这样就可以走到天台上去。眼前那壮观的景象总是让他意识到自己对这片混凝土风光好恶参半。令人心动的那部分原因再明显不过：打造出这样的环境，不是为了人，而是为了见不着人。

莱恩穿着运动服靠着护栏，全身舒坦到微颤起来。他抬手遮住双眼，挡住了从大厦表面蒸腾起的湍急气流。连成一片的礼堂屋顶，蜿蜒的堤道和由直线构成的幕墙组成了一幅令人着迷的几何拼图——迷人得不像用来居住的建筑，更像是在某个神秘的通灵仪式中被人无意识画出的画。

在莱恩左侧50英尺开外，一场鸡尾酒会正在进行。两张覆着白布的自助餐台上摆满了开胃品和玻璃杯，一名侍者正站在移动吧台后面倒着酒。三十余位身着晚装的宾客三五成群站着谈天。有那么几分钟，莱恩没理会他们，心不在焉地用他的球拍盒敲着护栏。但是谈话声嘈杂活跃得有些过了，终于让他转过头去。几位客人正朝着他这边看，莱恩很肯定他们正在议论自己。整场子的人都在向他靠近，最近的一位客人已经离他不过10英尺。所有来宾都是最上面三层的住户。更不寻常的则是他们拘谨的正装。这摩天楼里的派对，莱恩就没见过谁不是穿的休闲服；而在这里，男宾清一色无尾礼服黑领结，女宾则均着拖地晚装。所有人的举手投足都带着目的，仿佛不是在参加派对，而是在开计划会议。

在莱恩几乎伸手可及的地方，身形无懈可击的画商一副要跟他干架的架势，晚礼服的翻领像是推运过度的风箱一般压出了褶子。他身旁那两位，证券交易商的太太和名流摄影师的太太，也都嫌恶地瞪着莱恩的白色运动衣和帆布鞋。

莱恩拾起了自己的球拍盒和毛巾袋，可是去往楼梯的路被身边的众人挡住了。除了侍者一人还留在吧台和自助餐台之间，其余的整个鸡尾酒会都把场子移了过来。

莱恩贴在护栏上，第一次发觉自己和地面离得太远了些。他被一群喘着粗气的住户们包围了，一个个离他这么近，让他闻到了昂贵的香水和须后水统统混到一起的气味。他好奇他们意欲何为，但同时也清楚意识到：一起无谓的暴力事件随时都会发生。

“莱恩医生……女士们，饶了医生好吗？”最后关头，有个熟悉的身影喊出了声，莱恩顿感心里踏实下来；此人有着灵巧的双手和轻柔的步伐，莱恩认出是那位珠宝商。停电期间，自己曾为他情绪失控的太太做过简单体检。看到珠宝商跟莱恩打招呼，宾客们都漫不经心地散开，好似一群临时演员转切到了下一个场景。他们不假思索地踱回到酒水和小食中间去了。

“我是不是来得很是时候？”珠宝商注视着莱恩，像是不解他为何会现身这样一个私人场合。“到这里来找安东尼·罗亚尔打壁球？恐怕他已经决定要谢绝出赛了吧。”他继续对莱恩说，也是对他自己说：“我妻子本来也会在这里。要不是因为之前遭遇了那样令人发指的对待，你清楚的——那些人简直是禽兽……”

略受惊吓的莱恩随他走到楼梯口。莱恩回头看着酒会，看着满场教养良好的宾客，拿不准那场临头的大难是否纯属自己的臆想。他们究竟会干出什么呢——不会真把他丢下去吧？

胡思乱想时，莱恩注意到了一个熟悉的身影，浅色头发，身穿白色猎装夹克，单手扶着健身机，站在可俯览大厦北侧的楼顶套间里。一条被毛纯白的德国牧羊犬[1]此刻正趴在他的脚边，这条雪狼是大厦里毋庸置疑的首席爱犬。安东尼·罗亚尔根本没想回避莱恩，而是若有所思地注视着他。同往常一样，他脸上挂着兼具傲慢与防备的晦涩表情，就好像对这幢自己参与设计的大楼里那些固有的缺陷再清楚不过，但却依然决心用目光击退任何指摘，甚至不惜诉诸做作的外观，比如那条白德牧和他的白猎装。虽已年过五十，他的及肩金发让他看上去还是出奇年轻，仿佛高处的清新空气令他摆脱了正常的衰老过程。他偏着额头，骨形分明的额角上依然见得到事故留下的印记。此刻，他的样子就像是在查看自己设计的实验出了什么结果。

珠宝商引着莱恩快步走下楼的时候，莱恩抬起一只手对罗亚尔示意了一下，可他没有回应。为什么他不打个电话取消壁球赛？有那么一瞬，莱恩很确定罗亚尔明知酒会正在进行，却还是故意让他上了天台，罗亚尔不过是对宾客们会有的反应和态度感兴趣。

第二天清晨，莱恩早早起身，渴盼着新一天的开始。他感

1　原文为阿尔萨斯犬（Alsatian），即德国牧羊犬，黑背。纯白色德牧为极罕见品种，又名雪狼，性格比黑背温顺。后文出现“德牧”及“雪狼”，均指此犬。

觉自己精力充沛头脑清醒，但是不知怎么的，他决定休息一天。踱来踱去两个钟头之后，他在九点整给在医学院的秘书打电话，推迟了当天下午的督导工作。秘书对他的病情表示遗憾，他说："没什么要紧的，我没生病。是有要事。"

什么事？莱恩对自己的行为困惑不解，在方寸公寓里兜圈子。夏洛特·梅尔维尔也留在了寓所里。她穿上了职业装，却无心出门；她邀莱恩过去喝咖啡，一小时后他到了，她却心不在焉地递给他一杯雪利酒。她请莱恩过去，说是为给她儿子检查一下身体；小朋友正在自己房间玩耍，夏洛特则称他不舒服，不能去10层的学校上课。她很头疼，因为一位住在1层的飞行员的小姨子不肯来帮忙带孩子。

"真是麻烦，平时她热心得拦都拦不住，都已经好几个月靠她照顾了。电话里她又那么含糊，好像不肯明说什么……"

莱恩听得生起同情心，考虑要不要自告奋勇来带小孩。但是夏洛特的话里没半点这个意思。陪小朋友一起玩的时候，莱恩发现这孩子全然无恙，跟平日一样活泼，还问妈妈肯不肯让他下午去3层的幼儿班玩。夏洛特没答应，想都没想。莱恩看着她，兴味越来越浓——和自己一样，夏洛特也在等待着发生点儿什么。

他们并不需要等太久。午后，敌对楼层间展开了新一轮寻衅，分裂仇视的机器再一次开机启动了。事端都微不足道，可莱恩清楚，这说明根深蒂固的矛盾正在从大楼生活的表象上一点一滴显露出来。个中的许多缘由其实一直都很明显——抱怨噪声，抱怨滥用楼内设施，争抢位置更佳的公寓以求远离候梯厅和通风井，远离它们没完没了的隆隆声。甚至，还别有一种小题大作的嫉妒心，专门针对比自己漂亮的女性。“美女就该往高住”这一观点取得广泛共识，莱恩则乐得看它经不经得起事实的检验。前一天停电期间，曾有38层一位时装摄影师十八岁的妻子在美发沙龙遭到某不明身份女性的袭击。约莫出于报复，珠宝商的大块头老婆领着顶层的太太们组成了一个作案团伙，将住在2层的那三位空姐狠命推搡了一气。

莱恩一直在夏洛特家的阳台上，从头一桩一桩地看。有佳人在旁，佳酿在手，莱恩都有些飘飘然了。在他们下方的10层，一场儿童派对正高潮迭起。家长们无意制止自家小孩，实际上也就成了对他们的鼓励，让他们放胆制造出尽可能大的噪声。有了源源不断的酒精助兴，半小时不到，家长倒接了子女的班。夏洛特旁若无人地大声笑，把饮料视而不见地泼到了楼下，打湿了最前排几辆豪华轿车和跑车的挡风玻璃和顶棚。

数百位住户站上自家阳台，把这些热闹悉数看在眼里。投观众所好，家长们怂恿着孩子变本加厉，派对很快就失控了，喝醉的娃娃们无助地满地打晃。上边的37层则爆出一位女律师的怒吼，她的敞篷跑车惨遭破坏，黑色皮座上满是融化的冰激凌。

一股愉悦的嘉年华氛围一统摩天楼。莱恩觉得，至少，这改变了这楼里的一本正经。不由自主地，他和夏洛特也加入了开怀大笑和鼓掌的行列，如同在台下享受一个业余马戏团的即兴表演。

那一晚，楼里举办了大量的派对。在过去，除了周末，一般是不会有什么派对的；但在这样一个礼拜三的晚上，每个人都参加了这家那家的狂欢。电话响个没完，夏洛特和莱恩收到了不下六个来自不同派对的邀约。

"我得做头发去。"夏洛特开心地挽着莱恩的手臂，几乎就要抱住他，"我们这又都是在庆祝什么啊？"

这问题让莱恩一惊。他抓住夏洛特的肩膀，仿佛在保护她，"天晓得了——总之不是为了玩乐寻开心。"

其中的一个邀请来自理查德·怀尔德。他和夏洛特都即刻回绝了。

"干吗要推掉？"夏洛特问道，手还搭在听筒上，"他就是想听到我们说不去的。"

"怀尔德住2层，"莱恩解释，"他们那儿太能闹了……"

"罗伯特，这是托词。"

夏洛特说话的时候，她身后的电视正在播一段监狱越狱未遂的新闻短片；屏幕在她双腿间闪烁，画面里是蹲伏着的监狱看守和警察，还有一层层设了障碍的牢房。电视的音量调低了，听不见说什么。莱恩心想，全楼的人看电视都调低了音量。在他回公寓的路上，从他邻居的门道里也都能看到闪着同样的电视画面。大家都是史无前例地把自己屋门半敞着，然后随意进出别人的屋子。

但是，这样的亲昵仅限住户本人所在的楼层。在大厦的其他地方，分化对立正在急速加剧。莱恩发现手里的酒喝空了，便乘电梯来到了第10层。不出所料，对酒类的抢购已经出现，不耐烦的住户在酒廊外排起了长龙。莱恩看见他姐姐已经离柜台很近，便去找她帮忙。她想都没想就予以拒绝，旋即还发起了对下午那些犯蠢瞎搞的强烈声讨。某种程度上，她显然是把莱恩跟低层住户归到了一伙，认定肇事者是他跟怀尔德那帮狐朋狗友。

在莱恩等着排到自己的时候，有那么一支顶层讨伐小分队在泳池引发了一场风波。最上面3层的一群住户气势汹汹，其中包括痛失阿富汗猎犬的女主人。她和她的同伴开始下水胡闹，违反泳池规定坐在橡皮筏上喝香槟，还往那些已经穿好衣服离开更衣室的人身上泼水。年迈的负责人意图阻止却是徒劳，于是即刻放弃，坐回跳板后方的隔间里去了。

电梯里满是惹是生非的推搡，信号按钮不规律地闪烁，乘客不耐烦地捶打着电梯门，电梯井哐哐作响。莱恩和夏洛特要乘电梯去27层参加派对，却被三位喝醉了的飞行员给送到了3层，其间两人还被推撞了好几下。那几个飞行员手里攥着酒瓶，整半个小时使尽浑身解数才终于到了要去的10层。其中一位满面春风地箍着夏洛特的腰，差点儿将她拽进了学校旁小投影剧场。这地方以前是用来放儿童电影的，现在则在放私人拍摄的黄片，且其中一部的拍摄地明显就在本楼，表演者系就地招聘。

27层那场派对的主人是艾德里安·塔尔博特。此人娘娘腔但讨人喜欢，是一位精神科专家，也在医学院教书。在这里，当天第一回，莱恩终于开始让自己放松下来；他发现派对上的客人都是从邻近公寓过来的，他们的面孔和嗓音熟悉得让人心安。某种意义上，恰如他对塔尔博特所言：他们都是一个村的。

塔尔博特则表示："都是一个宗族的，可能更准确。这公寓楼里的人口组成已经远不像第一眼看上去那样单一了。很快，我们就都会拒绝同我们领地以外的任何人说话。"他接着道："今天下午，我车上的挡风玻璃被一个掉下去的瓶子砸碎了。我可以把车泊回各位停放的区域吗？"作为一位持证行医的医师，塔尔博特有资本把车停放到离大厦最近的车位上。然而许是之前就预见到了距离太近带来的危险，莱恩则从未动用过这个特权。精神科专家的请求当即获得了其他住户的首肯——同宗同族的，谁会否决这种出于团结目的的中肯提议呢。

这是莱恩参加过的最成功的派对之一。摩天楼里的大多数派对上，客人们个个彬彬有礼地站着，闲聊彼此的专业领域，聊完告辞走人；而这场派对真的是轻松快乐，有一种让人真正亢奋起来的氛围。不到半小时，女宾几乎全喝醉了，而这也是莱恩用来衡量一场派对成功与否的标尺。

当他以此恭维塔尔博特的时候，这位精神科专家则不置可否："空气里是有某种欣快的活力，是这样；可这跟谈笑风生或是情投意合有关系吗？我会说，恰恰相反。"

"你不担心？"

"可以说，还轮不到我来担心——不过我们谁也都是这么想的。"

这善意的话提醒了莱恩。听着周遭热火朝天的交谈，他突然意识到其中究竟有多少的敌意在扩散开来，直指摩天楼里其他的楼层区域。宾客们聊着低层的住客如何如何无能，高层的住客如何如何傲慢；而但凡此类的八卦和扯淡，人人都满怀热切地照单全收，幽默玩笑间尽是恶意。这一切之中，蓄积了满满的族群偏见。

但是，也恰如塔尔博特所言，莱恩发现自己对这一切并没怎么担心。他甚至还从中获得了某些本真的快感，像是在和旁人一起八卦的时候，还有就是看着平日里很谨慎的夏洛特·梅尔维尔几次三番喝过了头。至少，借这种方式，大家彼此还算关联得上。

不过，派对结束后，27层候梯厅的电梯门外发生了一起小而恶劣的事件。虽已过了十点钟，整座楼却依然动静四起。住客们像不肯睡觉的小孩，在彼此的公寓闯进闯出，冲着楼梯间向楼下大喊大叫。电梯按钮被人没完没了地按，直按到系统紊乱电梯罢工。候梯厅里挤满了不耐烦的乘客，他们的下一站都是去参加26层那位词典编纂人开的派对。虽然只下一层楼，但是从塔尔博特家出来的这帮人都坚决不肯走楼梯；就连夏洛特，也面色酡红地挽着莱恩的胳膊，摇晃着加入人潮冲进了候梯厅，然后抡起结实的拳头砸向电梯门。

一部电梯终于到达，门开处，里面只有一名乘客，这位身材单薄、神经衰弱的年轻姑娘是和母亲同住在5层的女按摩师。莱恩马上认出她是所谓“游民”当中的一员。大厦里有大量这样的住客，都是些空守着公寓无事可做的家庭主妇和不愿外出的成年女儿。她们花大把时间在这巨型建筑的电梯里上上下下，在长长的走廊里游游荡荡，不停四处搬家，以期撞上些变数或是寻点儿刺激。

趔趄着迎面扑过来的成群醉鬼把这姑娘吓坏了，她从神游当中惊醒，胡乱按着电梯按钮。东倒西歪的宾客当中有人嘲弄地嘘了一嗓子，于是几秒钟她就被人从电梯里拖了出来，随即遭到了半真半假的审问。一位统计学家的妻子太过亢奋，冲着这倒霉的姑娘尖声嘶叫，还将强壮的手臂直伸过了站在第一排的审问者，狠狠扇了这姑娘一记耳光。

莱恩从夏洛特那头抽身过来，走上前去。人群的情绪很不友好，但又很难被当真。他的各位邻居就像一群没参加彩排的临时演员在上演一幕动私刑的戏码。

“来吧，我送你去楼梯那里。”他扶住姑娘瘦削的肩膀，想把她引向门边，结果引来众人满是质疑的一声齐呼。其中的女宾推开各自的丈夫，开始拳打姑娘的胳膊和胸口。

放弃。莱恩立到一边，眼睁睁看着那受惊的姑娘如同跌进了饥渴的刑具里，被一整圈老拳暴揍满一轮之后才被堪堪放过，消失在了楼梯间。自己这区区小聪明和骑士精神，哪能是这一大帮中年复仇天使的对手？他惊魂未定地想：小心啊，莱恩，不然，指不定哪位股票经纪人的老婆就会像给鳄梨去核一样，娴熟利落地把你给阉了。

整整一晚在吵闹声中度过。楼道里人潮不断，电梯井满是各种叫喊呼号和玻璃破碎的动静，刺耳的音乐在半空的黑暗里沉降下去。

3. 住客命案

没有云的天空，横亘在开发区的堤道和混凝土墙之间，如同冷却槽上方的空气一般沉闷。一夜混乱已经过去。清晨，莱恩裹着浴袍走上阳台，俯视着寂静的停车场。向南半英里，河道穿城而过，川流如往常。莱恩环顾着这片景致，想着它可以很彻底地变一个模样。他揉了揉肩膀上的瘀青。昨晚上那些派对，附带的身体运动量真是可观，只是当时他并没意识到。他摩挲着自己细嫩的皮肤，揉压着肌肉，就好像要在其中找出另一个自己，那个半年前刚在这座豪华大厦里坐拥了安乐一隅的生理学学者。而现在，眼看着一切开始失了控。百余家派对，噪声彻夜未绝，吵得莱恩只睡了一个多小时。现在，整幢大楼是还算安静，可就在五分钟前，最后那几场派对也才刚刚结束。

楼下的停车场里，前几排的车上面都被溅上了破鸡蛋、葡萄酒和融化的冰激凌；有12辆车被掉落的酒瓶砸碎了挡风玻璃。即便天光还早得很，也有不下20户的阳台上站了人，个个都望着大厦墙角那成堆的残骸。

莱恩滤好了咖啡，还没尝，就又心不在焉地洒了大半出来。他一边心神不宁地准备早餐，一边拼命提醒自己今天系里还有一堂演示课要他去上。他满脑子想的都是摩天楼里出的那些事，就好像这幢规模宏大的建筑只存在于他的意念之中，只要一不去想，它就会消弭于无形。莱恩盯着厨房镜子里的那个自己——两手染着葡萄酒渍，胡子也没刮，脸色红润得有些吓人。他让自己多少要振作一点，对自己说：就一次，莱恩，赶紧停下，从脑子里开条路出来吧。中年悍妇群起痛殴年轻女按摩师的画面在他眼前萦绕不去，仿佛把周遭的一切全都拖向了一个平行世界；而他出自本能的那一下抽身事外，则充分体现了他的身体比大脑更明事态。

到了八点，莱恩出门去医学院。电梯里满是破酒瓶子啤酒罐，控制面板也被破坏了部分，这样低层的人就没法再把电梯轿厢呼下去。穿过停车场时，莱恩回望了一眼身后的摩天楼，觉得落下了一部分自己的意念。到医学院以后，穿行在一条条空荡的走廊之间，莱恩尽力要做回那个办公室和讲台上的自己。他拐进解剖学系的解剖教室，沿着一排排展示桌走着，边走边盯着罩在玻璃里的那些尸块。一组一组学生分工协作，一步一步把尸体解剖出四肢、胸部、头部、腹部；到了学期末，便剩下一堆散骨再插上个收埋标签——简直完美契合了摩天楼周遭那个残败朽蚀的世界。

那天，在督导学生以及在校食堂跟同事午餐的时候，他不停在想那幢公寓楼，觉着它就好像一个潘多拉魔盒，那一千个盒盖正一扇接一扇向里打开来。莱恩心想：那些在摩天楼里最得势的房客，那些在大厦里过得最滋润的人，既不是低楼层那些放浪形骸的飞行员和电影技师，也不是高楼层那些税务专员的跋扈的恶太太。乍一看，似乎紧张与敌对的氛围是这些人激出来的；可恰恰是那些不出什么动静也什么都不参与的住客才是罪魁祸首，比如牙医斯蒂尔夫妇。这大厦所催生出的一种新的社会正在成型，那冷淡的、无动于衷的性情，对隐私几无所需，对摩天楼生活的心理压力可以有效免疫，正如同处在中性气体环境里的某种先进的机械物种一般蓬勃起来。此类住客，满足于终日守着华宅什么都不干，看电视也会关小了音量，只坐等着邻居出岔子。

或许，近来所发生这些，是代表着怀尔德和飞行员那帮人在做最后的尝试，尝试反抗这渐渐浮出水面的逻辑？可惜，他们几乎没有胜算，因为他们的敌手在这摩天楼里生活得很自得。他们从不埋怨窗外那些钢筋混凝土的风景没有人情味儿，也无所谓政府部门和数据统计机构侵犯自己的隐私；他们甚至很欢迎这种无形的入侵，还顺手捎来为己所用。是他们，率先掌握了二十世纪末的生活方式——同各色人等来来往往，没深交，也就没牵扯；生活所需均自给自足，无所求，也就从不会失望。

换一个角度，他们的真正所求也许暴露得比较晚。摩天楼之中，日子越是过得荒芜冷漠，它就越是奉上大好的前路。大厦以其高效能维持着那个一切赖以依存的社会结构。于是，前所未有地，他们不需要去压制反社会行为，可以放任自己离经叛道、放肆胡来。正是在这里的某些地方，他们生命中最为重要也最有意思的方方面面得以发生。有了这样一幢摩天楼来容身护体，就好像登上了自动驾驶的飞机，乘客可以想干什么干什么，可以去探索到那些最黑暗的角落。从方方面面来说，大厦都是一个整合了既往全部科技手段的模板，用以实现一个真正“自由”的精神病社会。

一整个漫长的下午，莱恩都在办公室里睡觉，等着回家。好容易熬到下班，他驾车刚飞速经过还在施工的电视台工作室，就又被一整队开进工地的大型混凝土罐车拦下了整整五分钟。当初，就是在这儿，安东尼·罗亚尔开车时被一辆正在掉头的平土机撞伤了。莱恩总觉得这事讽刺：高深莫测如罗亚尔，是开发区的首位道路受害者，也是案发地的设计人。

被拖延了时间，莱恩车开得愈发烦躁。他没来由地深信：

出门期间一定发生了什么要紧的事。果然，六点钟，他一回到大厦，便得知的确有了些新变故。莱恩换了身衣服去夏洛特的寓所小酌。夏洛特则在午餐前就因为担心儿子而离开广告公司回了住处。

“我不喜欢留他一个人在这里，临时保姆太靠不住了。”她把威士忌倒进玻璃杯，边说话边打手势，好像一个不留神就随时能把手里的酒瓶甩到阳台护栏外边去。她问：“罗伯特，这是怎么了？好像什么事都变得不安全起来，我简直不敢一个人进电梯。”

“夏洛特，不至于那么糟，”莱恩听见自己说，“没有什么需要担心的。”

真的相信这楼里现世安稳？他听着自己的声音，觉得很有说服力。就这一下午，各种骚乱和挑衅都能列出长长一份名录了。已经有连续两拨低楼层的小朋友被禁止进入天台上的游乐园。那个园子用围墙围着，里边有秋千、旋转木马和各种玩具雕塑，是当初罗亚尔专为业主的子女设计的。这会儿园门已经上了锁，并且一有小孩靠近楼顶就会被勒令离开。与此同时，最上面有几家的太太们声称在电梯里受到了虐待，还有些户主一早出门上班发现车胎被人放了气。艺术品破坏分子对10层的小学实施破门入侵，把小画家们的大作全从教室墙上撕了下来。最底下五层的候梯厅则异味冲顶，神秘地冒出了一摊摊狗粪；住客们当下就将它们全铲进高速直达电梯，投递奉还给了顶层。

莱恩听得笑出声来，夏洛特拿手指敲他胳膊，想把他敲醒：

“罗伯特！这些事你能不能都上点儿心！”

“我上心了啊……”

“你在走神！”

莱恩低头看向她，突然意识到眼前这个八面玲珑的女人这会儿倒没开窍。他抬起一条胳膊笼着她，之后一点儿也不惊讶——她非常用力地回抱了过来。幼小的儿子想把厨房门打开，她倾身过去拿背抵着门，伸手仍将莱恩拉向她怀中，掐捏着他的手臂，就好像在说服自己：在这里，终于，有些东西是她能把控的。

在等待孩子入睡的那一个钟头里，她的一双手就没离开过他身上。然而，两人还没坐上她的床，莱恩心里就已经很清楚：简直像为这摩天楼里自相矛盾的逻辑提供例证一般，这第一次的性爱为他和她的关系所带来的并非开始，而是终结。从真正意义来说，两人是自此而生分，而不是难舍难分。同样自相矛盾的是：共枕在她的小床上时，他对她生出的那些许爱意和关怀也非温柔，而是无情，恰是因为这些情感与他们周遭这个世界的现实全无瓜葛；你来我往牵挂久常的，却是源自最无常的东西：肉欲，禁忌。

夜色尚早。在她入梦以后，莱恩径自走出了她的公寓，去寻觅新的朋友。

屋外，走廊和候梯厅里闲站着不少人。莱恩反正也不急着回家，于是一路走一路听，从一群换到另一群。很快，这种通气会几乎变成官方的了，住户可以借此一吐他们的牢骚。莱恩注意到他们现在主要抱怨的不再是这大楼本身的毛病，而是转向针对其他的住户。电梯故障被归咎于低层和高层的人，而不再责怪建筑师水平太次或是物业设计得太低效。

和斯蒂尔家共用的垃圾槽又堵了，莱恩打电话给物业经理。然而此人已是疲于奔命，淹没在了品类繁多的投诉和要求当中。他手下有数名员工已经辞职，余下的也已尽数出动，以求保障电梯运行，恢复9层供电。

莱恩拿上所有能找到的工具走进走廊，打算自己动手清通垃圾槽；斯蒂尔转眼现身，带了一个复杂的多刃装置过来打下手。垃圾槽里，一捆绸缎窗帘死死抵住了上方一整列的厨房垃圾。在两人为松动窗帘而做不懈努力的时候，斯蒂尔向莱恩亲切倾诉他们楼上楼下的居民如何对他们负荷有限的排废系统做不负责任的事情。

“这里有些人啊，能制造出最稀奇的垃圾，你都想不出能在这儿见到，”斯蒂尔对莱恩说，“那些东西，恐怕连刑侦组都要感兴趣了。你看33层那个美容师，还有那两个在22层一起住的什么放射科医师。就在现今看来，也都算是奇怪的姑娘啊……”

一定程度上，莱恩觉得自己对此还是赞同的。虽然这么埋怨显小气，但的确，美发沙龙的那位五十岁的店主就是没完没了地把她在33层的那间公寓反复装修，然后把整块的旧地毯和整件的小家什直接往垃圾槽里塞。

一整列厨房垃圾轰隆隆砸了下去，好似一场油腻的雪崩。斯蒂尔回过身来，捉着莱恩的胳膊，引他绕开走廊地板上的一个啤酒罐，边走边道：“要说我们啊，肯定也和上面的人同罪论处了——我听说下面那些人可都是把垃圾打包放在门口的。怎样，去我那儿喝两杯？我爱人可是非常迫切想再见到你呢。”

两人虽有芥蒂在先，莱恩却也还是爽快地应下了。如他所料，在这纷争大势之下，小小私怨自会退散。斯蒂尔太太顶着个极考究的发型，一脸欢天喜地地在他身边转过来又转过去，好像刚入行的老鸨在招待自己的第一位恩客。平日里隔墙就能听到莱恩在播什么唱片，由此她甚至大赞了他的音乐品位。莱恩听她眉飞色舞地描述着楼里的服务设施一样样出故障，描述某部电梯和10层泳池的更衣室遭人破坏。她谈着这摩天楼的时候，活像在说某种庞然的活物，正盘踞在大家头上面，沉思着，威严地留意下面发生的种种事情。这感觉也并非凭空而来——电梯沿着井道上推下送，就好似心室在泵血，顺走廊走动的居民是动脉血管网里的血细胞，各门各户的灯光则是大脑中枢里的神经元。

莱恩往外看向黑暗的另一头，看着邻近的摩天楼灯火辉煌的楼顶，差点没觉察到来了其他客人落座在他身侧。一位是电视新闻主播保罗·克罗斯兰，一位是影视评论人埃莉诺·鲍维尔。埃莉诺一头红发，酗酒得很厉害，莱恩常遇见她酩酊大醉地搭了电梯上下折腾，想出大楼又摸不着方向。

从25层到27层，邻近的三十来户自发结成了一个派系，克罗斯兰俨然成了这个群体名义上的领袖。他们几人聚到一起，商量着要次日组队远征去10层的超市做一次采购，堪比一帮乡下人要进一座没人监管的城。

埃莉诺·鲍维尔坐在莱恩旁边，正痴痴看着克罗斯兰用他那华丽的播音腔概述他对公寓安保工作的建议。她时不时往前伸出手，就好像要调校克罗斯兰的电视图像，估计是想修一修他那张大肉脸的色值，或是压一压他的音量。

“你的公寓就在候梯厅隔壁？”莱恩问她，“那是要藏在屋里堵好门了。”

“到底有什么好躲的呢？我可都是大开着房门。”看到莱恩一脸疑惑，她问，“不是这样才好玩吗？”

“你觉得我们其实是在暗暗享受这些事情？”

“难道不是？我猜是呢，医生。团结起来去痛揍一部空电梯——做出这种和三岁时候没两样的事儿来，长这么大我可真是第一遭了。你只要这么一想，不就好玩了么……”

等到她歪过身子靠着他，把头倚在他肩上的时候，莱恩出声：“空调系统是不是出什么问题了……阳台上空气可能会好一点。”

她抓着他的胳膊拎起自己的手袋：“行啦，扶我起来。你这没色胆的小色鬼哦，医生……”

两人刚走到法式落地窗旁，从头上面某个阳台传来玻璃爆裂的声音，碎片四溅，像夜空里划过一柄柄飞刀。一个庞大笨重的物体从离他们阳台不到20英尺的地方经过，翻滚着坠下去。埃莉诺吓得直扑进莱恩怀里，还没等两人站稳，就听见楼下的地面传来刺耳的金属撞击声，像是有一辆车被砸烂了。紧随其后的，是短暂又彻底的了无声息。莱恩意识到：这些天来，这是第一次，整幢楼这么安静。

所有人都挤上了阳台。克罗斯兰和斯蒂尔互相攥着，好像都在防着对方往下跳。莱恩被后方的人直推到紧贴着护栏。他看着15英尺开外自家的空阳台，想到如果刚才掉下去的那个人是自己，有那么荒谬的一瞬间他感到了恐惧。周围，人人都探出身子，手持眼镜，朝黑暗里张望下去。

在第一排其中一辆车的车顶，砸进了一具着晚礼服的男尸。埃莉诺·鲍维尔面带痛苦，步伐不稳地离开护栏推开众人，从克罗斯兰面前走过去。莱恩抓紧了金属扶手，震惊且兴奋。摩天楼巨大的外墙面之上，几乎每一户阳台里都站了人；在这巨型的露天歌剧院中，每一位住客都在从各自的包厢里望出来，向下注视着同一个地方。

没人靠近那辆被砸的车和那具砸进车顶的尸体。从破损的燕尾服和小码漆皮皮鞋来看，莱恩认出毙命的是40层的珠宝商。车前轮旁边的地面上躺着死者的眼镜，水晶镜片尚完整，折射出大厦的华光璀璨。

4. 向上！

在珠宝商死后的一个星期里，事态朝着更叫人忧虑的方向发展下去。理查德·怀尔德的寓所比莱恩低了24层，因而也远比莱恩更为暴露于大厦里形成的压力之下，他是全楼里最早意识到变化究竟有多大的人之一。

怀尔德出门三天，去为一部监狱暴动主题的纪录片拍摄场景。之前有一座大型地方监狱发生了囚犯罢工，被报纸和电视大肆报道，这让他有机会在他的纪录片里注入一些直观的画面。怀尔德是在下午早些时候回家的。之前，每晚他都会从入住的旅馆打电话给海伦，小心问她摩天楼里的情况，但她没向他诉过苦。即便如此，她的含糊其辞仍令他担心。

怀尔德泊好车，踹开门，把自己结实的身子从方向盘后移出车外。在停车场最边缘的车位上，他小心扫视着大厦的外墙面。第一眼，安好。几百辆车泊成一列列整齐的直线，通透的阳光里，一排排阳台层叠而上，围栏后的绿植蓬勃向阳。有那么一小会儿，怀尔德都觉得惋惜了——作为一个一直坚信能动手绝不动口的人，他很是享受上礼拜那些零敲碎打，享受暴揍那些盛气凌人的邻居，尤其是那些最上面的住户，因为是这些人让海伦母子不好过。

第一个不和谐的画面出现在40层。大型落地窗破了个大洞，倒霉的珠宝商就是从那儿掉出来的。这层楼两端各有一套带楼顶套间的顶层豪华公寓，安东尼·罗亚尔占了北面的，这一头则住着珠宝商夫妇。窗框撞坏了还没换新，玻璃破裂呈星状，让怀尔德想起某些含义隐秘的符号，出现在战时那些飞机的机身上，代表已歼一架敌机。

怀尔德从车上卸下手提箱和一个大行李袋，里面装着给海伦和两个儿子的礼物。车后座上放了一台轻型摄像机，怀尔德打算用它来给摩天楼纪录片试拍摄一些画面。他一直预感这部讲述摩天楼生活的纪录片会很震撼，无从解释的珠宝商坠亡事件让他更确信了这一点，他正考虑是不是用珠宝商之死来做开篇。能和死者住在同一幢大楼里可真是个幸运的巧合——于电视节目而言，能亲身经历正是求之不得的。将来警局完成调查，就会将案件移送法院，而一个巨大的问号仍会牢牢留存在这个地方，标记着凶誉恶名，令他觉得：这幢住价高昂的广厦，这座吊在半空的天堂，正在给它自己播撒下阴谋和毁灭的种子。

怀尔德抬起粗壮的胳膊拎起行李，动身走回公寓楼。寓所就在大门入口的正上方，他等着海伦出现在阳台上，挥手迎接他，作为对他从停车场边上大老远走过来的小小补偿。但是，全楼只他一户，百叶窗还闭着。

怀尔德加快了脚步。走到停车场的近端时，一切如常的假象忽然就消散开了。最前三排的车辆全都被溅了东西，曾经光鲜的车身上全是条条道道和染渍。大厦周围的小径上，一地的瓶子罐子和碎玻璃，满满看着全是从阳台扔下来的。

走进大楼主入口，怀尔德发现有两部电梯不动了。大堂死寂空旷，就好像整幢摩天楼都已遭人遗弃。物业经理办公室的玻璃门关着，信件杂乱地堆在门边的瓷砖地板上。正对着那排电梯口的墙面上，潦草的喷涂被人擦去了一半——这只是个开始；最终，这些口号和个人标记会布满整幢楼里每一个暴露在外的表面。巧得很，这些涂鸦很能反映住户的智商和教育。且不论他们的幽默和想象力都是什么水平，这些喷满墙头的繁杂的打油诗、回文和不带脏字的污言秽语，很快就都沦为鲜艳又斑驳的一墙糟粕，和摩天楼居民假装看不上眼的那些洗衣店旅行社的廉价墙纸并没什么两样。

怀尔德不耐烦地等着电梯，越来越光火。他暴躁地砸那些按钮，但没有哪部电梯有想搭理他的意思。所有电梯都悬在上方，在20层到30层之间作短途旅行，死也不下来了。怀尔德抓起行李去爬楼梯。走到2层，他发现走廊一片漆黑，满满一塑胶袋垃圾把他在自家门口绊了个跟斗。

终于进到了客厅。他的第一感觉是海伦已经离开了这间寓所，两个儿子也被她一并带走了。客厅百叶窗闭着，空调也没开，地板上全是小孩玩具和衣物。

怀尔德打开两个孩子的卧室门。他们躺在一起睡着了，不怎么新鲜的空气里传来不太规律的呼吸声。两张床之间有个托盘，盘子里还搁着前一天的剩饭。

他又穿过客厅进了自己的卧室。百叶窗被拉起来一扇，阳光在白色墙面上投下了丝毫不受外界干扰的一道长条，这让怀尔德诡异地回想起了两天前他在监狱侧楼拍摄过的精神科诊室。海伦穿戴整齐地躺在整洁的床上。他以为她还在睡，放轻了脚步走进房间，这时她睁着眼面无表情看着他。

“理查德……没事的，”她语调平静，“我一直醒着，从昨晚给你打完电话到现在。一路上都还好吗？”

她要起床，怀尔德把她的头摁回了枕头。

“儿子他们——这里出什么事了？”

“没什么，”她摸他的手，给他宽慰的一笑，“他们想睡觉，我就让他们去睡了。反正在这儿他们也没什么可做的。晚上又吵，没法睡的。真对不起，屋里乱七八糟。”

“这个无所谓。为什么孩子没去上学？”

“学校关门了。你走以后就没有再开了。”

“干吗没开？”妻子挤牙膏式的回答惹恼了怀尔德，他开始搓着厚实的双掌，“海伦，你不能这么一天到晚躺着。天台游乐园呢？泳池呢？”

“那些地方怕是只能想想罢了。很难的……”她指了指放在地板上怀尔德两脚间的摄像机，问，“拿这个来做什么？”

“打算拍点东西，那部摩天楼的片子。”

“又拍监狱纪录片。”海伦冲怀尔德一笑，不像是在说笑，“我可以告诉你从什么地方开头。”

怀尔德两手捧起她的脸，蹭着她纤细的面部骨骼，好像在确认这脆弱的壳子是不是还在该在的地方。他要想办法让她回魂。七年前，怀尔德还在一家商业电视公司工作的时候遇见了海伦，那时她还是个开朗自信的制作助理，牙尖嘴利跟怀尔德有一拼；两人在一起的时间，不是在上床，就是在斗嘴。时至今日，生下两个儿子，加之在摩天楼里生活了一年，海伦慢慢自我封闭起来。她只是着了魔一般，把心思全放在儿童最初级的行为活动上。给儿童读物写书评也是这种退变的表现之一。

怀尔德倒了一杯她爱喝的甜力娇酒给她。他抚摩着自己的胸肌，想着该做什么才最妥。有件事，他一度很庆幸，但现在很不安——她已经不去注意他又和楼里哪个单身女性搞在一起了。就算看到丈夫又跟其中的谁谁在说话，海伦也会带着两个儿子就这么走过去，好像已经不关心他会怎么乱性胡来。海伦甚至还跟其中的几位姘头交上了朋友，比如那个停电时被怀尔德淹死了爱犬的电视女演员，还有楼上的一位女场记；后者在一个拍色情电影的独立制作人手下做事，性格严肃，会在超市排队时读拜伦作品。海伦曾云淡风轻地告诉怀尔德："她还要拿笔详细记下演员拍每个镜头时的体位。这工作真有意思——好想知道他们应聘有哪些条件，有什么职业期许。"

怀尔德对此有些震惊。出于毫无来由的假正经，他从没好意思去问那位女场记。两人在她3层的公寓里做爱的时候，他老是心里七上八下，总觉得她正在不自觉地默记他们每一个拥抱、交合的姿势，以防如果怀尔德被临时叫走，她还可以和下一任男友从同一个地方继续往下做。这摩天楼里，无限量专业知识技能的某些侧面委实令人不太放心。

怀尔德看妻子啜饮着酒浆，轻拍着她细瘦的大腿想让她振作起来。"海伦，来，别这么一副等结局的样子。我们把这些通通收拾好，然后带儿子上去泳池玩。"

海伦摇摇头："周围敌意太多了。以前一直都有的，只是现在挑明罢了。有时候我会想，他们会不自觉挑小孩来下手的。"怀尔德换衣服的时候，她坐到床沿，目不转睛看着窗外，摩天楼一座座在视线里越来越远，消失在天际。"其实，真不是因为其他什么住户，而是这座楼……"

“我知道。等到警方一查完，你就会发现什么都消停了。就一样，会有非常强的负罪感。”

“查什么呢？”

“当然是查命案，我们楼里那个珠宝商。”怀尔德提起摄像机，揭掉镜头罩，问她：“你跟警察说什么了吗？”

“怎么说呢……这两天什么人我都躲着。”她脸上亮起希冀的光彩，转身问，“理查德，有没有想过把公寓卖了？其实我们可以搬走的啊，我是认真的。”

“海伦……”迟疑了一会儿，怀尔德低头凝视着自己弱小的、一脸决然的妻子。他脱掉长裤，就好像暴露出自己厚实的胸部和可观的性器是在重申他对自身拥有绝对的权威。“那和被赶出去有什么两样。何况我们为这公寓付出的也不可能再讨回来。”

他等着，看海伦低了头走回床边。六个月前，因为海伦的坚持，他们已经从底层的公寓搬过一次家。当时他们就很认真地讨论过，要不要干脆离开这摩天楼。但怀尔德还是说服海伦留了下来，具体为了什么，他自己也不是很清楚。尤其，他才不会承认自己败给了各位邻居，既没能在购房条款上和那些职场人士拿到同等待遇，也没能用眼神把趾高气扬的成本会计、售房经理打压得抬不起头。

两个儿子睡眼惺忪地晃进房间，海伦继续说道：“也许我们该搬到更高楼层去的。”

怀尔德一边刮胡子，一边细想妻子的话。这个底气不那么足的恳求倒自有它的意义，好像把他长久以来蛰伏在脑子里的抱负又刨了出来。当然，海伦是本着对交际的提升来想问题的，搬家以求“好邻居，好前程”，从这种下层阶级的城郊地段搬到居民比较开化的小区，像是15层到30层那种——那里走廊比较干净，孩子可以不用跑到街上玩；那里的雅量和教养让空气都变得比较有文化。

怀尔德则有自己的一番心思。他一边听着妻子梦呓般几不可闻地跟儿子絮叨，一边审视着镜子里的自己，好像职业拳击手在赛前给自己鼓劲一般，轻轻拍打着腹部和肩膀的肌肉。无论从生理还是心理上来说，他都几可算是这楼里当仁不让的最强的男人，海伦却这么心力脆弱，很让他恼火。他意识到自己对她的这种被动真的是无计可施。这种反应是由他的家教决定的。情绪化的母亲替他操持出了恐怕是最漫长的童年，其间对他始终疼爱有加，从而带给他那种无可动摇的自信心，反正怀尔德自己是一直这么认为的。在他很小的时候，母亲就让他和声名狼藉的生父断绝了关系。后来，母亲再嫁，对方是个招人喜欢但个性消极的会计师，热衷于下象棋；在母亲和她小公牛一样的儿子面前，这男人从没半个不字。于是，当怀尔德遇见他后来的妻子的时候，他天真地相信自己要把这些转投到海伦身上去，要去照顾她，给她无穷无尽的安稳和好心情。自然，他现在也意识到了：从来就没有谁改变过，即便他再怎么自信满满，也还是需要有人多加呵护，一如从前。婚后没多久，有那么一两次他大意了，想将自己从前爱和母亲玩的那些小孩子游戏拿来跟海伦玩。海伦却做不到，她没能把怀尔德当儿子。怀尔德寻思，对她而言，爱和关心恐怕根本不是她真正想要的。或许，摩天楼生活的分崩离析反而能满足她潜意识里的企盼，这连她都未必自知。

怀尔德揉按着脸颊，听着淋浴间后面的空调管道里发出不规则的嗡鸣。每一条管道都正在从离自己39层高的楼顶攫取着空气。他看着水从水龙头往外冒。这些水同样自楼顶而来，从蓄水池一路下降，灌进了洞穿全楼各处的巨大内井，一如冰流渗透了地下岩洞。

他下定决心要让这部纪录片带有强烈的个人主观色彩，其中有一个原因：他已做好准备，努力去直面这座大厦，去回应它对他的生理挑战，然后征服它。已经有一段时间了，怀尔德清楚，自己正患上对摩天楼强烈的恐惧症。他时常对上方无数堆混凝土的重量感到害怕，总感觉整幢建筑的所有力线都里里外外地汇聚到了他一个人身上，仿佛是安东尼·罗亚尔蓄意设计了，让它们将他狠狠抓在掌心。入夜，躺在入睡的妻子身旁，他常会从某个不舒服的梦境里惊醒，回到令人窒息的卧室，清晰地感觉到其他九百九十九间公寓全从墙壁和天花板向他压过来，把他肺里的空气全逼出去。他很确定，自己淹死那条阿富汗猎犬并非因为他特别不喜欢那条狗，也不是为了让狗主人难受。他是在报复上边的楼层。黑暗中，他把那条摇晃着栽进泳池的狗给掐住了。他向内心那股残忍又强大的冲动屈服了，将它往水里摁下去。他把狗如遭电击般扑腾的身体牢牢抓在了水面以下，很奇怪，那仿佛是他自己对这幢建筑一直以来的苦苦挣扎。

想着那些高处的种种，怀尔德继续洗他的澡。他把冷水龙头开到最大，任凭冰凉的水柱从胸口和小腹冲刷而过。海伦已是力竭不支，而他却更加坚定：这一路，终于走到山脚；他这个爬山的人，已然用尽了毕生，来准备这次攀登。

5. 垂直的城市

且不论怀尔德为了他的登顶想出了怎样的计划，怎样的路线，他很快就看到：按照目前的朽败速度发展，很明显，摩天楼很快就会所剩无几。各项服务设施能出毛病的几乎一样没落下。他帮海伦整理屋子，同时也想要给死气沉沉的家庭注入一些活力，便升起了百叶窗，然后响动很大地在房间里走来走去。

很难让他们振作起来。空调每隔五分钟就停止运转，在炎热的夏季里，公寓里弥漫着混浊的气息。怀尔德发觉自己已经开始对这种散发着恶臭的空气习以为常了。海伦告诉他，邻里盛传是高层住户故意将狗粪丢进了空调管道。强风扫过开发区空旷的广场，在巨大的混凝土腿柱之间盘旋，对大厦较低楼层的高温有所缓解。怀尔德打开窗，期待着新鲜空气的到来。不过转眼，灰尘和混凝土粉就已经灌了满屋，在橱柜和书架上积了一层薄灰。

到了下午晚些时候，住户们开始下班回家。电梯里人满为患，闹闹哄哄。有三部电梯已经出了故障，其余的电梯里挤满了要回各自楼层的住户，人人都很不耐烦。从敞开的公寓大门里，怀尔德看到自己的各位邻居相互使劲推搡着，如同脾气暴躁的矿工刚从坑底吊车里出来。他们从他面前大步走过，过度紧张地抓住公文包和手提袋防护着身体。

怀尔德心里一动，决定去验证一下自己在这大厦里自由通行的权利有多大，能否使用所有的设施，尤其是35层的泳池和观景天台上的儿童雕塑园。他拿起摄像机，带上自己的大儿子向楼顶进发。不过很快，他发现高速电梯不是故障、维修中，就是被抵住了厢门彻底卡在高处下不来。唯一的通途是那个私人外部入口，可怀尔德没有钥匙。

现在，要上楼顶的决心更迫切了。怀尔德等待着一部中段楼层的电梯，兴许能把父子俩带到第35层。电梯来了，他塞进了拥挤的电梯厢，身边的乘客则个个低下头，带着实实在在的敌意狠盯着他六岁的儿子。到了23层，电梯便再也不肯往上爬。乘客们一窝蜂向外涌，然后拿公文包照着关了的电梯门一顿敲，仿佛这是表达愤怒的某种仪式。

怀尔德怀抱着年幼的儿子，顺着楼梯往上走。凭他那强健的体魄，一举爬到楼顶都是绰绰有余。可才爬了两层，楼梯就让人堵住了。这群人全是那一层的住户——里面就有那个招人嫌的年轻牙医，罗伯特·莱恩的邻居——他们正在争取疏通一条垃圾槽。怀尔德怀疑他们会不会是在对空调管道动手脚，便往前挤过去，但立刻就被一名男子用肩膀撞开了，他认出那人是对手电视公司的新闻主播。

“怀尔德，楼梯不开放！你看不出来是吧？”

“什么？”怀尔德被这种粗暴无礼惊到了，“你什么意思？”

“不开放！再说了，你上到这儿是要干什么？”

两位男士拉开架势对峙。怀尔德觉得主播咄咄逼人的样子很好笑，就举起摄像机，作势要拍下他通红的脸，克罗斯兰倨傲地一挥手让他滚。怀尔德简直想一拳揍翻他，可又不愿吓到儿子——气氛这么恶劣，孩子已经够紧张的了。怀尔德退到电梯里，回到了下方的楼层。

这次冲突虽小，却让怀尔德心绪难平。他没去理会海伦，只是在公寓里来回踱步，来回甩着摄像机。说不清为什么，他感到了兴奋，一方面是因为自己的纪录片计划，再有就是那种越来越强烈的冲突和敌对气氛。

怀尔德走上阳台，凝望着邻近那一幢幢巨大的、恶魔岛[1]监狱般的摩天楼。这几幢建筑，在视觉和社会学方面的素材都是几无穷尽的。如果要拍大厦的外部，他们可以先从直升机上航

1 原文为阿尔卡特拉斯岛（Alcatraz），位于加州西部，俗称恶魔岛，原为美国军事监狱、联邦监狱。

拍，然后从四百码开外离得最近的那幢楼来拍——他已经在自己脑海里见到了一个六十秒超长变焦镜头，画面要从大厦全景慢慢推进到某户公寓，然后给这噩梦般的白蚁穴来个单间牢房大特写。

纪录片的前半段，将会就摩天楼的设计失误和琐事摩擦来剖析居于其间的生活，而其余篇幅则用以审视这被装箱到半空中的两千人所共建出的群体心理状态——从犯罪率、离婚率和出轨率，到住户的流动率，以及他们的健康问题、失眠频繁和其他身心机能紊乱，无一不包。即便数十年来积累的一切证据都对摩天楼这一社会结构的可行性不能苟同，可明摆着的公房区域成本效益和私营部门高盈利率依然促使这些垂直的城镇层出不穷地向天堆叠而上，而与居住者的真正需求背道而驰。

摩天楼生活的心理状态已经暴露出了很严重的后果。比如，缺乏幽默感，就让怀尔德一直认为是最显著的、独一无二的特征——调查者的所有研究都已证实，摩天楼的居民都不会拿生活来开玩笑。严格来说，生活在此，就是“无事”。基于自己的经验，怀尔德已经可以确信：和仅供吃饭睡觉的场所截然不同，对于那种崇尚活力的“家”来说，摩天楼公寓缺乏弹性的壳。在摩天楼里生活，需要一种特殊的行为模式，要顺从、克制，甚至要带上些微疯狂。怀尔德心想：要是真有个疯子来到这里，一定会乱舞雀跃的吧。自这些混凝土板大厦奠基伊始，蓄意的破坏行径便缠扰不去。每一枚从电话设备上扯掉的零件，每一只从防火门上拧脱的把手，每一块被踢坏的电表，都代表着同一个立场：反抗麻木不仁。

生活在这公寓楼里，最叫怀尔德气急败坏的是：这一批高收入专业人士看似同属一路，竟也分出了三个壁垒分明的敌对阵营。这种老旧的，建立在权力、资本和私利基础上的社会分级已在这幢楼里死灰复燃起来，和其他任何地方全无差别。

事实上，摩天楼已把自己分裂出了三个典型的社会群体：下等、中等和上等阶层。第10层的购物中心形成了一条清晰的界线，将下层、中层明确划分开来。前者包括了最下方9个楼层，是由电影技术员、空姐等人所组成的“无产阶级”。后者位于摩天楼的中段，从第10层直到泳池、餐馆所在的第35层。占全楼三分之二的这一中心地带形成了它的中产阶级，由自私自利但本质温驯的各行业人士组成，都是些自己不当老板，而替医疗机构或大公司打工的医生和律师、会计师和税务专家。这些清教徒均自律甚严，无一不迫切于安坐次席，故而极具凝聚力。

在他们上方，摩天楼的最上面五层，是它的贵族阶级，不露锋芒的寡头集团，由小富豪和企业家、电视女演员和事业型学者等所组成；电梯配备高速，服务配备高端，连楼梯都配备地毯。摩天楼的步调由他们来把握。优先受理的是他们的投诉。也正是他们，暗中主宰着摩天楼里的生活，敲定儿童进出泳池和天台雕塑园的时间，敲定餐馆里的菜品和超高价位，好将其他人全拒之门外，只余他们自己。重点在于：是他们，不间断地用友谊和认可来小施恩惠给中层，让他们在这晃悠的胡萝卜下面不会有半分越轨。

一想到这些住在顶层堡垒里的高等居民高高在上，如同封建领主凌驾于农奴之上，怀尔德的内心就填满了越来越强烈的不耐烦和怨恨。但是，想组织起任何形式的反击都是难事。扮演一个平民领袖，为各位低层邻居代言，这倒是够容易；奈何这些人欠缺凝聚力和利己心，不可能同大厦中层那些纪律严明的专业人士相抗衡。他们身上潜藏着一种“自在逍遥”的属性，一旦对冲突的容忍超出限度，就会倾向于直接打包搬家。一句话：他们的领土本能，于心理和社会层面而言，都早已经退化到了任人宰割的地步。

为了团结各位邻居，怀尔德需要某些能给他们带来强烈认同感的东西。而这部电视纪录片不但能完美地给予他们认同，而且是他们所能够理解的那种认同。纪录片将会凸显他们所有的怨恨，并会对高层住户如何滥用服务设施均作曝光；甚至，必要的话，还可能暗中挑起事端，扩大摩天楼里的紧张气氛。

只不过，怀尔德很快就发现：纪录片的框架早已成型，由不得他来定。

对反击的坚定，当下令怀尔德蠢蠢欲动了。他决定让妻子和孩子们也从他无休止的踱步当中得以解脱。现在，空调每小时才工作五分钟，黄昏时分公寓又闷又潮。噪声从他们上方的阳台回荡而来，有人在上面特别大声地交谈，电唱机的音量也被调到了最大。海伦·怀尔德在关着的窗户边上挪步，用她纤细的双手麻木地顶着插销，好似想把黑夜推走。

怀尔德只顾着想心事，顾不上管海伦。他带上浴巾和泳裤，动身去往10层的泳池。之前，几位低楼层的邻居都已在电话里确认了，说他们都很想参与到纪录片里来。但怀尔德还需要摩天楼中高层住户的参与。

故障电梯依旧失修，怀尔德便去爬楼梯。楼梯间的某些地段已经被上方的住户当成垃圾井来用。碎玻璃散布在台阶上，割破了他的鞋。

购物中心挤满了人，个个转来转去，用最大的音量说着话，像是在等政治集会开场一般。往常这个时候泳池都没什么人，现在却满满当当。住客们在水里胡闹，互相把对方从池沿上往水里推，还把水溅到了更衣室。管理员已经抛下自己的小隔间走了，泳池开始显露出疏于管理的样子，排水槽里散落着丢弃的浴巾。

在淋浴间，怀尔德认出了罗伯特·莱恩。医生背过身没搭理他，怀尔德对所受的冷遇不予理会，站到了下一个淋浴喷头下面。两人聊了片刻，不过言辞都有些闪烁。怀尔德一直觉得莱恩与他志趣相投，都是饥渴地盯着身边走过的每一个年轻女郎。可是今天莱恩态度冷淡，和其他人一样，他也受到了对峙气氛的影响。

“警察来过了吗？”走向跳板时，怀尔德在一片嘈杂里问他。

“没有——你在等他们来？”莱恩看上去是真的惊讶。

“他们会询问证人的吧。究竟当时怎么回事？他是不是被人推下去的？他老婆看上去个头够壮的——会不会是她想来个闪电离婚？”

莱恩隐忍地微笑着，仿佛怀尔德会问出这种品位可疑的问题根本在他意料之中。他锐利的目光故意隐晦不明，始终将任何试探都当没看见。“我对这场意外一无所知，怀尔德。我想那也可能是自杀。你是在担心自身安全吗？”

“你不担心吗，莱恩？这很诡异啊，一个人从40层高的窗户掉下来了，却没有过任何形式的调查……”

莱恩踏上跳板。怀尔德注意到他身上的肌肉很有力，超乎往常，给人感觉他近来锻炼得很积极，做了大量的俯卧撑。

莱恩在等待挤满人的水池里空出地方来。“我想，我们可以相信他的各位邻居会处理好一切。”

怀尔德拔高了自己的音调：“我已经开始电视纪录片的筹划工作了——他的死就是一个很好的起始点。”

莱恩低头看向怀尔德，意兴陡起。他很肯定地一摇头：“我会忘记与之相关的一切——如果我是你的话，怀尔德。”他走到跳板的尽头，弹跳两下之后，漂亮又有难度地扎进了泛黄的水里。

怀尔德独自游到泳池的浅水区，看着莱恩和他的朋友们在深水区嬉戏。要在以前，怀尔德早就和他们一起闹了，尤其里面还有两位引人侧目的女人——夏洛特·梅尔维尔，自策划家长联盟之后，他已经有几天没见她；还有一位是新晋酒鬼埃莉诺·鲍维尔。显然，他们几个已经不跟怀尔德玩了。莱恩刻意用他的姓来称呼他，标志了他们之间的距离；类似的还有他对珠宝商之死的含糊其辞和他对那部电视纪录片的回避态度，而曾经，他是对此抱有浓厚兴趣的——老实说，是莱恩的赞同鼓舞了怀尔德，让他将这个想法发展成了暂行计划。想来，鉴于对隐私的过度需求，莱恩并不愿意看见住客们集体的荒诞行径和幼稚的吵闹妒忌全都被曝光到这个国家的电视荧幕上去。

或许，还有其他什么念头在起作用？让人觉得有必要把任何对摩天楼真实现况的认知，尤其是每个人自己对此的认知，都一概跟外界隔绝开来？这样，事物就能够按照它们各自的逻辑去发展，去变得更加不可收拾？即便怀尔德对纪录片怀有毫不讳言的满腔热忱，他也知道自己从未曾拿它跟任何一个不是生活在这楼里的人讨论过。就连海伦，那天下午跟她母亲通话时，也只是语焉不详："一切都好。空调出了点儿小毛病，不过已经在修理。"

这种对现实越来越强烈的漠视再也不会令怀尔德惊讶了。摩天楼内部的混乱全由住户自己来应对，这一决策令珠宝商之死的玄机得到了解释。至少有一千人看到了尸体——怀尔德记得，当时他走上阳台被吓了一跳，并非因为看见死人，而是那一整排自下而上高入云霄的大量观众。有人报警了吗？他原以为那是理所当然的。但现在，他不那么确定了。他觉得很难相信这个世故、自负的男人会自杀。但是没有一个人有哪怕丝毫的忧虑，泳客们接受了酒瓶子、啤酒罐在他们脚下的瓷砖上乱滚，同样，所有人接受了可能的谋杀。

到了晚间，怀尔德便已没精力继续自己的猜想，只能够力保自己不要失去理智。把两个儿子安置入睡以后，他和妻子坐下吃晚餐，没承想突如其来的停电让他们陷入了一片漆黑。两人面对面坐在餐桌边，听着外面走廊里噪声响个不停——他们的邻居正在候梯厅里吵架，一户户公寓门大敞着，半导体收音机刺耳的鸣响传到了屋外。

海伦开始笑起来，几周以来第一次放松了自己。“迪克[1]，这就是一场管不住的儿童派对。”她伸出手去，让怀尔德冷静下来。邻近摩天楼的光线穿过房间，微亮中，她略消瘦的脸上有一种近乎不真实的平静，仿佛她已经不再觉得自己还是个置身事内的人。

怀尔德拼命压住火气，在黑暗中重重地趴到了桌子上。他不止一次地想要一拳砸进自己的汤里。等到电灯重新亮起来，他试着给物业经理打电话。不过，诸多来电已让接线总机应接不暇，最后跳出来一段语音告诉他：经理病倒了，以及所有的投诉录音都将会做完整播放，并会记录备查。

“老天爷，他是真要把这些磁带都听完吗——肯定得有几英里长吧。”

“你确定？”海伦咯咯笑着，“恐怕没其他人会当真。你可是唯一的一个。”

供电系统的破坏也影响到了空调，粉尘从墙上的通风孔喷了进来。怀尔德被激怒了，狠狠把两个拳头对到一起——摩天楼就仿佛一个体格巨大又张狂的恶人，暂将各种想象得到的敌意全都加诸他们身上。怀尔德想关闭通风口格栅，可几分钟不到，他们

1 迪克（Dick）为理查德（Richard）的昵称。

就被迫躲去了阳台。他们的邻居也都紧靠着护栏探出身子，纷纷向上看着楼顶，好像希望这样就能用眼神逮到肇事者。

他的妻子正在屋里神志恍惚地游荡，对着喷出的灰尘微笑。怀尔德没理会她，出门进了走廊。所有的电梯都常驻在了大厦上半部。候梯厅里聚集了一大群人，他的各位邻居正一边有节奏地捶打着电梯门，一边抱怨上方住户的种种寻衅滋事。

怀尔德向人群的中心挤进去。两位飞行员站在候梯厅的沙发上，正在挑选突击队成员。怀尔德等着轮到自己，想努力引起他们的注意。不过他很快就作罢了。因为从周遭兴奋的交谈当中他得知：突击任务不过是上到35层，然后当众往泳池水里小便。

怀尔德想上去跟他们理论，警告他们此类孩子气的做法只会适得其反。在真正组好队伍以前，任何远征讨伐的意图都是荒唐的，因为太过暴露于对方的报复之下。然而，就在最后一刻，他抽身走了。怀尔德站在通往楼梯间的门边，清楚意识到自己再也不想同这帮冲动的房客为伍，互相撺掇着去干徒劳的事。他们的真正对手，并非来自高层住户罩顶而下的等级力量，而是他们心底里的那一座楼——是那层层相加的混凝土，将他们死死钉在了地上。

响起了一声欢呼，紧跟着是齐齐的一声“嘘”，终于有一部电梯从35层降下来了，指示灯数字正一个个从右闪到左。电梯往下走的时候，怀尔德想起了海伦和两个孩子——他清楚，这个与邻居划清界限的决心，和自己对妻儿的牵挂毫无关系。

电梯抵达2层，停下。厢门开启的刹那，周围猛一下安静了。电梯地板上躺着一个人，近乎昏厥。那是怀尔德的邻居，一位同性恋空中交管员，常去35层的餐馆用餐。他侧过瘀青的脸，避开围观人群的视线，拼命想把当胸撕开的衬衫扣回去。人群在向后退。当公然施暴的证据历历在目，所有人都畏怯了。怀尔德听见有人说：又多了两个楼层，5层和8层，业已陷入黑暗。

6. 摩天道上的危险

整个白天，理查德·怀尔德都在为登顶做准备。之前，嘈杂持续了一整夜。他则一直在安抚儿子和痴笑的妻子，也折腾了通宵。之后他动身去了电视台工作室。一进门，怀尔德就取消了几个预约，然后告诉秘书接下来几天他都不会来上班。说话的时候，他几乎没觉察到秘书一脸困惑，隔壁间同事们一脸好奇——这人只刮了左半脸胡子，而且两天都没换过衣服。怀尔德累狠了，坐在椅子里就睡了过去，秘书看他把脑袋埋在一堆没拆读的信件上打着鼾。在工作室待了不到一小时，他就收拾公文包又回了摩天楼。

对怀尔德来说，脱离公寓大厦的这短短的时间就好似做梦一般脱离了现实世界。他把车泊在停车场上，没上锁就向大厦入口走去，安心的感觉油然而生。大厦墙角堆满各种残骸，满地都是空酒瓶子，车辆上糊满垃圾，还挂着碎挡风玻璃——就连这些，也都莫名让他更是确认了一点：摩天楼里的种种，才是他生命里真实发生的事。

虽已过了十一点，海伦和孩子依旧在睡。白色尘土薄薄地覆在客厅和卧室的家具上，仿佛他离开这间屋子和屋内沉睡的这三个人已经好久好久，久到那段漫漫无际的时光已经凝聚在了这些石头周围，像在上面降下了一层霜。怀尔德在前一晚堵上了空调通风管道，此刻公寓里什么动静都没有。他低头看自己的妻子。她正躺在床上，身边全是还在翻阅的儿童读物。再过几小时就要离开她了，怀尔德遗憾她太过虚弱而不能相随。夫妻俩本可以结伴登上摩天楼顶的。

怀尔德想要细细考虑登顶的事情，于是着手打扫公寓。他走上阳台，把烟屁股、碎酒杯、从楼上丢下来的安全套和破报纸统统扫干净。自己是几时下了登顶决心的，他已经想不起来了，也没想过真登上以后要干什么。倒是占据了他整个心智的那一番惊天壮举，和轻摁电梯按钮直上楼顶的举手之劳，二者之间怎么就有了如此之大的差距，他是想了个清楚明白。

人总是屈从于比理性更强大的某个逻辑，这在诸位邻居的所作所为中也可见一斑。怀尔德在候梯厅里听到的最新传闻是上午早些时候9层和11层的住户们认真地干了一架。10层中央大厅现在成了两军对垒的无人区，最下面9个楼层已同大厦中段居民势不两立。无视侵扰，无视日益泛滥的暴力，没有谁还会对此类事情感到诧异了。摩天楼里的日子照样过，超市酒廊美发沙龙照样去。可以这么说：摩天楼是能够兼容这种双重思维逻辑的。就连邻居们在描述哪里又爆发了什么冲突的时候，语调都是那么从容，就事论事，如同在饱经战乱的城市里，平民面对的又一场空袭。怀尔德第一次意识到：住客们是在享受生活服务逐渐告停，享受交锋愈演愈烈。这一切把他们维系到了一起，终结了之前那几个月的老死不相往来。

一整个下午，怀尔德陪着两个儿子玩耍，等待夜晚的降临。海伦在公寓里悄无声息地移动，对丈夫的存在几无觉察。经过一整夜着了魔的痴笑，现在她苍白的脸上什么表情都没有；时不时地，右嘴角闪过一丝痉挛，仿佛意念深处有了一丝波动。她坐在餐桌旁，机械地把儿子的头发梳直，再梳直。怀尔德眼看着却又无能为力。他几乎都要相信了：两个人当中，要离开对方的人是她，而不是他。

天色渐暗，怀尔德注视着第一批下班回家的住户。他们当中，正从车里迈步出来的那位是电视女演员简·谢里丹。六个月前，怀尔德结束了两人短暂的私情，原因够讽刺，因为去37层太费事。他觉得在她的屋里很难自在起来。时时刻刻，他都意识到和地面的距离，意识到自己的妻儿正在很下面的地方，像是十九世纪的女苦力和童工，深陷在这楼里最底部的裂隙。在简的那间满是棉质印花布艺的卧室里，两人边看电视边做爱的时候，他觉得自己就像置身于一架配备了闺房和鸡尾酒吧的豪华行政包机，正飞行在城市上空。两人交谈的措辞也越发程式化，如同飞机上的邻座陌生人。

女演员走进了高层候梯厅的专属入口，漫不经心地在一地瓶瓶罐罐中间找地方迈步。只要去一趟她的公寓，就差不多算是上到了大厦楼顶，就好像玩棋盘游戏——抛一把骰子，得到了“飞梯”。

海伦正在安顿儿子上床睡觉，她把衣柜和梳妆台都移到了他们床边，想借此帮他们抵御入夜随之而来的噪声和搅扰。

“理查德……？你是不是要去……？”

张嘴说话的时候，她的意识从灵魂的深井里爬上来，冒了冒头，前后也就几秒，知道自己和孩子要被抛下了。

怀尔德等待着她神志清明的这一刻过去，心里明白：这样一个他强加给自己的使命，是不可能跟海伦解释清楚的。她就这么在床上静静坐着，一只手放在那一摞儿童读物上。他走进走廊的时候，她从镜子里木木地看着他。

怀尔德很快发现：上到37层比他预计的要难。去往最上面五层的电梯要么罢工，要么被上面的人拿东西抵住了门，没法再下来。

2层候梯厅站满了怀尔德的各位邻居，正在各起争执。众人有的一身职业装束，有的一身度假打扮，场面好似一群被货币危机坑了的游客正在闹情绪。怀尔德拨开人群拐进楼梯间开始向上走。到10层，比较有可能碰到一部可以往上的电梯。

上到5层的时候，他碰见了飞行员组织的那12名突击队成员。此次突击再次以失败告终，有人正在上方的楼梯间里奚落他们，他们又惊又怒也给吼了回去。方才，10层中央大厅的入口被人用从小学拎出来的桌椅板凳给堵上了，一直堵到楼梯间。这些突击队员都是小学生的家长。他们曾试图搬开这些桌椅，但中段楼层的住户多次袭扰了他们，那些人等酒廊补库存正等得满腔邪火。

怀尔德超过他们继续前进。等他爬到第10层，对方人马已经收队撤兵了。他跨过躺在台阶上的坏椅子和四散的铅笔蜡笔，后悔怎么就没把自己的摄像机随身带着。18层有两位，化学工程师和人事经理，正一人一台摄像机，仔细拍着下方的画面。怀尔德朝着他们走上去的时候，镜头也跟了过来。

怀尔德没有理会，随便他们继续拍这些不靠谱的私家新闻。他推开旋转门，望向购物中心。葡萄酒桶和洗涤液货架旁，几百号住户正在你争我抢又推又挤，购物手推车则被合金丝网锁在一起不能使用。愤怒的声浪盖过了收银机的丁零声。这边一团混战，那一头，美发沙龙的女顾客们在干发器下面坐了一排，安然翻阅手头的杂志；两位上夜班的银行出纳员也面不改色，正一心数着手里的票据。

怀尔德放弃了横穿中央大厅的念头，转而走进已经荒废的泳池。水位已经下降了至少6英寸，就好像这一池黄水竟也被人偷走了一些。怀尔德绕池子走着。水面正当中漂着一个空酒瓶，周围泡着一个香烟纸盒和几个散掉的烟屁股。跳板下方，一张报纸有气无力地浮在水面上，头版标题漂漂荡荡，像来自另一个世界的讯息。

10层候梯厅里，一群住户正不耐烦地靠着电梯门，个个满手东西，都是成箱的酒水和采购的熟食，还有为晚上那些狂躁的聚会准备的各种原材料。怀尔德退回楼梯间。等电梯到了上边的楼层，会有乘客要出电梯的，到时也就有机可乘了。

他一步两级地迈台阶。楼梯基本没人用——楼层越高，住户就越不情愿走楼梯，觉得多少有失身份。奋力爬高的时候，怀尔德透过窗户瞥了瞥下方的停车场。河流舒展开长长的手臂，指向远处正在暗下去的城市轮廓，像一个路标，指向那个被遗忘的世界。

还差一段路就到14层了。怀尔德在易拉罐、香烟盒的空隙里穿行，感觉头上有什么响动，停步仰头，倒抽了一口气：一张厨房椅翻滚着直冲他脑袋砸落，是再往上三层的某个暴力人士猛使劲掷下来的。钢椅撞上楼梯扶手的时候怀尔德一退身，椅子滚落在地之前扫过了他的右胳膊。

怀尔德靠着台阶蜷成了一团。他藏身到了上一层楼梯口的悬空台下边，揉着瘀青的手臂。至少有三四个人在上面恭候他，手里拿着棍子，耀武扬威敲着楼梯的金属扶手。怀尔德攥紧拳头，在台阶上找东西当武器。摩天道上的危险来了——他的第一反应是冲上楼梯来个反攻。仗着自己体格强壮，怀尔德清楚这大厦里随便谁来，他都可以以一敌三；这些疏于锻炼一身膘的客户经理和企业律师，个个都是被好事的老婆唆使了，跑来玩这种花拳绣腿。然而，他让自己冷静了下来，决定对正面进攻做一次防守——他会登顶大厦的，但不靠武力，靠智取。

怀尔德下撤到第13层的楼梯口。隔着电梯井的墙壁，传来轨道和吊索嗡嗡的声音。电梯到了，乘客走了出来。不过楼梯间通往候梯厅的门却被人闩上了，一张脸探出来向他皱了皱眉，一只保养得当的手冲他一挥：走开。

走回10层。一路上，所有通往别处的门不是被锁上就是被堵上。怀尔德沮丧地回到购物中心。依旧还有大群人在等电梯。他们依不同楼层形成了界线分明的群落，牢牢霸守着各自的交通系统。

怀尔德把他们抛在身后，向超市大步走过去。货架已经被搬空了，工作人员锁掉旋转栅门之后也已经走了。怀尔德手一撑，从结算柜台上翻了过去，然后一路摸进后边的储货间。摩天楼的配套服务有三大核心，包括货运电梯、供水系统以及空调和供电箱。越过叠成金字塔的废纸箱再往里，便是其中的一个服务核心了。

怀尔德等待货梯大腹便便地沿着井道降下来。这台航母上的升降机尺寸可观，是为了装载厨房电器岛台和卫浴单元以及摩天楼居民所热衷的波普艺术、抽象艺术的巨幅画作而设计的。

拉开钢格栅的时候，他发现一位双肩单薄的姑娘躲在控制面板后面。她面色苍白营养不良，却饶有兴致地看着怀尔德，好像很欢迎他进入这个私人领地。

“你想走多远？”她问，“可以去任何地方的。我会和你一路走。”

怀尔德认出她是住在5层的女按摩师，是成天在摩天楼里四处游荡的游民之一。这些内部世界里的住客，形成了第二人口群体，隐形了的群体。“好吧——那去35层？”

“30层的人会比较好哦。”她老道地按下控制按钮，厚重的门移动起来；数秒后，电梯载着两人笨重地向上行。姑娘向他露出鼓励的微笑，一路到现在，可算上路了。“如果你想去更高的地方，我可以给你指路，有很多通气井可以走的。但有一个问题，狗已经占了那些地盘——它们越来越饿……”

一个小时以后，怀尔德走出电梯，踏上了37层铺着地毯的豪华候梯厅。他意识到：在自己原本置身的这幢大厦里，他发现了第二幢楼。于摩天楼各条通气井和货运通道之中没完没了的攀走终告结束，女按摩师脑袋里那趟非凡的奥德赛之旅也算已付诸现实，至此两人分道扬镳。这一路迂回包括：先是到25层换乘另一部货梯去往28层，然后借着迷宫一样的走道上下穿行在敌对双方的领地边缘，最后搭上一部高层电梯又挺上一层——至此，怀尔德亲眼见到了大厦里中高层居民的组成建制。

他的那些低楼层邻居还是一群因无能而茫然无措的乌合之众，这上边的每一个人就都已经加入了组织。这些民间团体由邻近的每三十户就地组成，依走廊、候梯厅和电梯的结构而纵贯二至三个楼层。现在，有二十来个这样的民兵团，每个团都和左近周边的结了盟。诸般治安活动也由此有了显著增加。路障一堆堆垒上，防火门一扇扇锁上，垃圾则从楼梯间往下抛，或是倒在了对手的楼梯口。

在29层，怀尔德遇到了一个纯为女性组成的团体；那个公寓群的大姐大是一位上了年纪的儿童文学作家，从体格到性格都颇具威慑力。和她同住一间公寓的是从1层上来的三位空姐。怀尔德轻手轻脚地走过这几间公寓中间的走廊，庆幸有女按摩师同行。他发慌的原因在于：几个女人从半开的房门里成双成对向他发问时，是对他怀有敌意的；不单因为他的性别，还因为他明显是要上到她们上方的楼层去。

如释重负，怀尔德迈进了空无一人的37层候梯厅。他站在楼梯间的门边，怀疑这候梯厅为什么竟没有守卫。想来，这里的住户是压根不知道自己脚底下都发生了什么，走廊里的地毯厚得足可以让他们和地狱都绝缘。

他沿走廊向简·谢里丹的寓所走过去。见到他，她大概会吓一跳吧，不过怀尔德还是相信她会留他过夜的。而过了今夜，他就要搬来住，再也不走了；从此以后，他可以在去电视台上下班的路上，顺道去看看海伦母子。

他按下门铃。隔着门就能听见她中气十足的浑厚嗓音，带着无数古装电视剧里的那种腔调。门终于开了，还挂着保险链。简向门外看的时候，一眼就认出了怀尔德，他就知道她也在等他。她显得又疏离又心虚，就好像一个旁观者被迫坐看着什么人马上要遭灾出事。怀尔德记起之前自己告诉过一个女子治安团说要到这里来。

“简，你也在等我啊。我受宠若惊了。”

“怀尔德……我不能——”

没等怀尔德接话，隔壁房门猛一下打开了，有人带着毫不掩饰的敌意盯着怀尔德。一位是住40层的税务主管；一位是肌肉精壮至极的编舞指导，怀尔德过去常在10层健身馆和他一起推实心球。

意识到其实这里所有人都在等他上门，怀尔德转身想走，但是后路被封上了。六名住户从候梯厅齐齐现身，清一色运动套装白色帆布鞋，个个手持抛光过的木棒，乍一看就好像一支中年哑铃健身队。股票经纪人一名，儿科专家两名，资深学者三名，组成了这支神气活现的老古董戏班子，班主则是安东尼·罗亚尔，同往常一样穿着白色猎装夹克。罗亚尔这一身总能让怀尔德无名火起，觉得这人能穿成这样，估计是受了哪个奇葩的夏令营指挥官或是动物园饲养员的影响。罗亚尔的一头金发在走廊灯光下显得更明亮，前额上的疤痕也尤其明显；这枚令人捉摸不透的标记就像一串问号，写满嘲弄地挂在他严峻的表情之上。他向怀尔德逼近，手握着铬[1]制的手杖轻拍着自己掌心，好似提了根藤条。那东西反射出耀眼的光亮，怀尔德心想：拿它来绕在罗亚尔的脖子上，应该会很痛快。

怀尔德明知自己遭了埋伏，可面对这样一个疯子戏班还是不由得大笑出声。电灯暗了暗，示警一般，之后全线罢工。怀尔德背贴着墙靠边站，等着那几位过去。几根木棍在他周遭的黑暗中噼里啪啦一阵响，训练有素如敲军鼓。从简半开的房门里，一束手电光往他身上一打。

哑铃戏班瞬间大戏开场。第一根棍子在手电光里飞旋而

---

1 铬为高硬度金属，多用于防锈镀层及制作合金，外观为雪亮的镜面银色。

至。毫无预警，怀尔德感到肩膀挨了疾风般的连击。身子倒地之前，他夺下了其中一根棍子，但还是被其余几根揍得陷进了地毯，栽在安东尼·罗亚尔脚边。

醒来时，怀尔德躺在底层入口大堂的沙发上。四周的日光灯亮着，反射进了玻璃吊顶。它们就这么一成不变地亮着，好像从来就都在他脑袋里的什么地方亮着。两位晚归的住户在等电梯。他们抓紧了公文包没搭理怀尔德，明显以为他喝醉了。

肩膀瘀青得厉害，怀尔德勉强抬起手，揉按着右耳后面肿起来的乳突骨。等到能站起来，他离开沙发朝着大楼正门慢慢地走，之后靠着玻璃门稳住身子。门外，泊着的车辆排成一列列直线，在黑暗里延伸出去，长得足够让他撤逃到任何地方。怀尔德走进夜晚冷冽的空气中，扶着脖子，仰起头看摩天楼的正脸。37层的灯光还几可辨认。一瞬间，他失去了全身的力气，因为这幢建筑的沉重和庞大，也因为自己的失败。这一趟对大厦的丈量，始于他的一时兴起，终于他的无地自容。某种意义上，唾弃他的，不是罗亚尔和他那帮朋友，而是这摩天楼。

从楼顶垂下视线，就在比自己高50英尺的地方，怀尔德看到自己的妻子正从寓所阳台上望过来。对他的衣衫散乱和鼻青脸肿，她没显出丝毫关切，仿佛她再也不认得他了。

7. 准备离开

高处，第40层，最早入住的两位房客正在准备离开。

整整一天，安东尼·罗亚尔和太太都在收拾行李。两人在35层近乎空置的餐馆里用过午餐，之后又回到了自己的公寓。罗亚尔打算把在摩天楼里的最后几个小时用来关停自己的工作室。抛弃这幢楼的时候到了。既不急着离去，罗亚尔便刻意花了不少时间，来完成这最后的仪式。

空调已经停止工作。那熟悉的嗡嗡声曾经导致诸多口角，如今一旦消失，倒令罗亚尔坐立不安。过去的一个月里，有些事情明明是亲眼所见，他却一再不肯正视。而此刻，再怎么不情愿，他也不得不意识到：这一幢自己参与设计的庞大建筑已是垂死状态，那些重要器官正一个接一个衰竭——水泵摇摇欲坠，水压一降再降，每个楼层的子供电站都已自行关闭，电梯也已搁浅在了各自的井道上。

好似在对此致哀一般，他腿上背上的旧伤也再一次锐痛起来。罗亚尔靠着制图桌，感觉疼痛从膝盖一直辐射到了腹股沟。他握紧手杖，离开工作室去了客厅，在披了防尘罩的桌子和扶手椅之间走动。车祸之后这一年里，他发现经常锻炼确实有助于缓解疼痛；而且，他想念和罗伯特·莱恩的壁球赛。不光他自己的内科医生这么说，莱恩也曾经告诉过他，车祸带来的伤害需要很长时间来恢复。不过最近，罗亚尔开始怀疑：这些伤自己暗中不肯痊愈。

早间收拾好的三只手提箱立在过道里等着被提走。罗亚尔低下头盯着它们，片刻间，他希望它们是属于别的什么人。箱子都还从来没用过，而在自己的这场敦刻尔克大撤退当中，它们即将起到的杰出作用只会是蒙羞受辱。

罗亚尔回到工作室，继续摘下墙上钉着的那一张张建筑图纸和设计方案。这是一间改装在卧室里的小型办公室，供他处理这一工程开发区的相关工作，也用来存放书籍、蓝图、相片和制图版。原来，罗亚尔只是想让自己在康复期有事可做，结果这里很快就变成了一间私人博物馆。车祸以后，大部分方案和设计就已经由他的同事们接手了，然而很奇怪——和在移交当日他站在摩天楼顶的那张照片一样，这些音乐厅、电视台的前视图虽已老旧，但呈现出来的那个世界却比他即将抛弃的这一个更为真实。

他一直很难下定决心离开公寓，也已经推迟了太久才做出这个决定。身为摩天楼建筑师之一，罗亚尔的贡献其实并不大。然而悲惨的是：正是他所参与的部分——10层的中央大厅和小学，观景天台和天台上的儿童雕塑园，以及候梯厅的装潢和设计——首当其冲地遭遇了居民们的敌意。那些墙面，罗亚尔曾经费尽心思去选材，如今已被喷涂上了成千上万的污言秽语。或许对他而言这么想是有点傻，但真的很难不去认为这是在针对他个人，尤其当他已经太了解邻居们对他的敌意究竟有多深——现在，雪亮的手杖和白色的德牧成了怨愤的载体，而不再是做做样子的道具了。

本质上，这些富裕的专业人士针对他们自己共同购买的这幢大楼所发起的暴动，和战后有案可查的数十起工人阶级租户针对市政厅的频繁造反并没什么不同。不过，罗亚尔还是觉得这些破坏公物的行为是冲着他来的。这幢建筑在社会结构上的崩塌，是一场针对他的叛变；其程度之深，在珠宝商不明原因死亡之后的那几天，他甚至觉得自己会受到人身攻击。

不过此后，摩天楼的崩溃开始激励着他，让他想要赢到最后。他参与设计了这幢建筑，对它的考验，就是对他的考验。首先，他开始意识到有一种新的社会秩序在周遭显露出来。罗亚尔非常肯定，这种巨型建筑想要企及那似乎遥不可及的成功，可以说其关键就在于某种森严的等级。他常常跟安妮讲：员工多达三万的办公大楼能够顺畅运转数十年，靠的就是蚁穴般严格规范的社会等级制度，并且其大小犯罪和社会动荡都近乎于零。这种建立在小型部落飞地[1]之上的新型社会秩序已在大厦里初露端倪，不甚明朗但绝不会叫人误判。这深深吸引着罗亚尔。他是决心要留下的。无论将要到来的是什么，无论会有怎样针对他的反抗，他都希望是由自己来迎接它的降临。实际上，只这一点，就已经让他再也不打算把这大厦里的日益狼藉告诉给自己的各位前同事了。他还一再告诉自己：摩天楼眼下的崩溃所标志的很可能是他日的成功，而非失败。不知不觉，他已经赋予了这些人一个得以逃往新生活的手段，和一种即将成为未来所有高层建筑范本的社会模式。

不过，将两千住客引向他们新的耶路撒冷，这个梦想对安妮来说没有任何意义。空调和供电每况愈下，独自在大厦里走动都开始变得很不安全。她告诉罗亚尔，走吧。安妮利用罗亚尔对她的关心，利用他对大厦崩溃的自责，很快说服他必须离开。

罗亚尔走进妻子的卧室，想知道她收拾行装的进展如何。两个大衣箱，大小数只手提箱，还有首饰盒和化妆箱开着盖子堆在地板和梳妆台上，简直成了箱包店的展示。安妮正在梳妆镜前，在一只手提箱里拿进拿出各种东西。近来，罗亚尔注意

---

1 指在一个辖区中隶属于另一辖区或民族、文化的孤立领地。

到她总是刻意在自己四周摆上各种镜子，就好像这样复制自己就能给她带来什么安全感。安妮总是理所当然地认定这世上本该恭敬待人。最近这几周，哪怕是这尚且较安全的顶层寓所，她也愈发觉得不堪忍受。她性格里那些孩子气的成分又开始冒出来了，就好似被迫列席疯帽子夸张的茶会一般，她这位不很情愿的爱丽丝正别别扭扭地调整自己的举止，以配合周遭的氛围。每天，下到35层餐馆的这一路已经变成了折磨，唯有永远离开公寓楼这个念想让她坚持着。

她站起身，给了罗亚尔一个拥抱。像往常一样，她用双唇触碰着他前额上的伤，就好像借这疤痕就能一览两人相差的这二十五个年头，能用它开启罗亚尔生命中她所不知道的部分。事故之后的康复期里，不管罗亚尔是在套间的窗前坐着，还是在健身机上锻炼，他都发现她对他的伤是那么着迷。

“好乱哦。”她低头看着杂乱的行李，眼睛里闪着希望，“我可能还要一个小时吧——你打电话叫计程车了吗？”

“我们至少需要两辆。现在司机都不愿意等客了，等我们真站到了门口，再打电话叫车吧。”

他们各自的车停放在最靠近大楼的那一排，都已被低楼层的住客破坏，挡风玻璃也被掉下的瓶子砸碎了。

安妮继续收拾。“重点是我们终于要走了。一个月前我提出来的时候就该走的。为什么还有人要待在这里我真是不能想象。”

“安妮，这都要走了……”

“可算要走了——所以为什么就没有一个人报警呢？也没有人去向大厦所有者提出控诉吗？”

“我们就是所有者。”罗亚尔从她身上转开了目光，宠溺的笑容有些僵硬。他看着窗外的夕阳，投在邻近摩天楼的幕墙上的光线正在渐渐黯淡下去。不可避免，他总是把安妮的牢骚当作对他的责难。

时至今日，罗亚尔明白，只要还在这摩天楼的特殊氛围里，他的小娇妻就永远不会开心快乐。安妮是一位地方实业大亨的独女，自小近乎不问世事地在一座乡间大别墅里长大，那地方奢华精致得就好似巨细靡遗地翻版了法国卢瓦尔河城堡，且由大群仆人完全依照成熟完备的十九世纪规矩来全盘照管。相形之下，在这幢公寓楼里，为她随时待命的仆从则是由温度湿度传感器、电脑控制的电梯进路开关及保险杠所组成的一支看不见的军队，以一种更为复杂抽象的主仆形式服务于她。只不过，在安妮的世界里，单单把工作完成是不够的，还要看得到完成的过程。大楼配套服务的彻底崩垮和居民团体之间的针锋相对早已超出了她所能承受的范围，玩弄着她极大的不安全感——那种上流社会常年根深蒂固的、在维护自身优越时的危机感。近期公寓楼里的种种麻烦，都已毫不留情地将这些暴露无遗。罗亚尔刚认识她的时候，想当然地认为她拥有绝对的自信，但实际情况正相反——安妮对自己非常不自信，她需要时不时重新确认一下自己的位置，确认自己还站在梯子的最高一级。相形之下，她周围的这些专业人士全凭自身才能挣得了一切身家，可谓自信的典范。

最开始，搬进摩天楼成为第一家住户的时候，两人都只是打算在这里落脚，方便罗亚尔在这个开发区工作，只要在伦敦找到房子就立刻搬走。但是，罗亚尔发现自己总是将搬家的决定一拖再拖。在这个垂直的小镇里，生活真是令他着迷，被其无障碍实用主义所吸引来的这类人也一样令他着迷。作为首户业主，还坐拥最好又最高的那套公寓，按安妮那边的规矩来说，他觉得自己就是这个庄园的领主——虽然这种说法他并不喜欢。罗亚尔一度拿过业余网球赛冠军，纵然那是场小型硬地球赛也不减这名头的分量。随着岁月推移，他这种身体机能上的优越感也不可避免地放缓下来，但现在颇有些重燃的架势，全因这众生的存在——他们是如此一目了然地在他之下，他的华宅这般安然端坐在这诸多简居的肩头。

哪怕在车祸后被迫转卖合伙契约，屈身于顶层公寓的轮椅里的时候，这种复苏的对身体机能的把控，他也依然能感受得到。恢复期那几个月里，随着伤势渐愈体质渐强，仿佛楼里每住进一位新房客，都是对他越来越健壮的筋骨和越来越迅速的反应的某种赞许；仿佛每一位新房客都携着看不见的贡物，恭祝他罗亚尔安康喜乐。

可对于安妮来说，不断潮涌而入的新居民令她茫然且恼怒。整幢摩天楼只有他们一户的时候，她还挺喜欢这住所的，觉得理所当然不会再有其他人出现。她搭乘电梯，当它们是私家缆车索道上铺了华丽软垫的贡多拉；她在那两个泳池里独自畅游，从无其他人会来烦她；她在购物大厅悠然漫步，就像莅临拜访她的私人银行、私人美发师、私人超市。而等到两千住客里的最末几位现身大厦，安妮已把耐性消磨殆尽，一心只想离去。

不过，新邻居们对罗亚尔来说却非常有吸引力，这些范例已然超出了他先前对清教徒职业伦理的想象。在他的各位邻居眼里，他是个不可捉摸又冷漠的人，在一起汽车事故中受伤坐了轮椅，住在摩天楼顶的临时居所里，老婆有钱又年轻，年纪只有他一半大，而且他还很乐意看到老婆被其他男人带出去。——这些，是他先后从安妮口中逐一得知的。如果不算上这象征性的阉割，那罗亚尔还多少算被尊为掌管此楼钥匙的那个人。他带着疤的前额和雪亮的铬手杖，他那一身穿起来活像个靶子的心爱的白色夹克，放到一起看，就像是组成某个密码的各种元素，隐藏起了这巨大建筑的缔造者和惶恐的住客们之间的真正关系。那一长串冷嘲热讽当中，甚至不乏“安妮屡次离乱交仅差咫尺”的戏码，来捧场罗亚尔对“游戏”姿态的偏好——置身游戏，什么都能拿来冒险，也什么都不会失去。

凡此种种对邻居们的影响，罗亚尔很感兴趣，尤其是对于那些特立独行的小牛儿，比如怀尔德——这位是那种单凭“只恨山比我个头大”的怒火就能赤手空拳去攀珠穆朗玛峰的人；或者像莱恩——此人一天到晚从自己的阳台往外张望，满眼的美好映像全是他自己从这幢摩天楼里彻底剥离出来的，哪怕他恐怕是大厦房客当中最忠实于它的那一个。至少，莱恩搞得清自己的位置不乱跑；三天前的那晚，自己这边却是不得已给了怀尔德一次简短又犀利的教训。

鉴于怀尔德的进犯——不过是低层对高层一系列入室侵犯企图当中的一个，罗亚尔走出卧室，去检查前门的门闩。

等他站到空荡荡的走廊里时，安妮已经在等他了。从低楼层传来一种持续的阴沉的响动，咕咕哝哝沿电梯井道向上而来。安妮指着罗亚尔的三只手提箱，问：

“你要带的全在这儿了？”

“暂且这样。还有什么需要的话，我会回来取。”

“回来？为什么还要回来？还是说你更想留下？”

他想，但他太太不想。罗亚尔道：“最先来，最后走……”

“你是在开玩笑吧？”

“当然不是。”

安妮把手放在他胸口摩挲着，好似在找寻某处旧伤。“真的全都结束了，你清楚的。我讨厌这么说，可是这地方确实不行了呀。”

“也许吧……”罗亚尔从她的怜悯中看出了浓浓的挖苦。安妮总是会不自觉地利用他的挫败感，尤其是罗亚尔新冒出来的这种想要证明自己的决心，这种坚信这座建筑终将圆满的信念，让安妮感到了恐慌。此外，他们的邻居都很轻易就接受了罗亚尔这个领袖，轻易得有点过分。仰仗她父亲给的佣金，他才能买到财团合伙人的身份——这个事实，安妮可从来就没让他忘掉，即便不是为了向他标榜自己而灭他的威风。可毕竟，态度是摆在那儿了。也好，他出人头地了，即便其间百味杂陈。以一种略癫狂的方式来看，或许，他的那场车祸不失为挣脱困境的一次尝试。

不过，这一切都已成往昔。就罗亚尔所知，他们离去得正是时候。最近这些天，摩天楼里的生活已经不堪忍受。顶层住户第一次直接卷入了事态。所有事物都在继续着朽败的进程。一场慢速的心理雪崩，正把他们带向低处去。

表面上，公寓楼里的生活还是足够正常的——绝大多数住户还是每天照常去上班，超市还是照常开门，银行和美发沙龙也还是照常营业。不过，大厦内部的真实情况则是三个武装阵营鼎立其间，人心惶惶，一种强硬态势已是全然确立。而且，高、中、低三大阵营之间现在已是几无联系。每天的早些时候，在大厦周围还有自由走动的可能，到了中午便开始愈加困难。而等到黄昏降临，就别想做任何活动了。银行和超市下午3点关门，小学则因教室毁损而迁到了7层的两间公寓。已经没什么小孩会出现在10层以上，更别提天台上那个罗亚尔专为他们精心设计的雕塑园。10层的泳池已经半空，剩下的半坑黄水上漂着碎片杂物。一间壁球场被锁了门，另外三间里堆满了垃圾和破烂的教室物件。20部电梯当中，有3部已经回天乏术。而每到晚间，其余的那些电梯则被敌对阵营纷纷占领，成为他们各自的私人运输线。无电力供应的楼层扩大到了5个。一到夜里，那几条黑杠横贯了摩天楼的整个外墙，像那颗衰竭的大脑上散布着的坏死层。

大厦的高层部分尚未衰败得那么急剧，这对罗亚尔和他的邻居们来说尚算幸运。餐馆已经停止了晚餐供应，不过由于几位员工在每天中午那几小时还能自由进出大楼，因此午餐还是能做到限量供应的。但是，两位侍应生已经走了，罗亚尔估计厨子和他太太很快也会跟着离开。35层的泳池还能使用，不过水位也降得厉害，毕竟供水也和每家每户一样，都得仰仗喜怒无常的楼顶蓄水池和电动水泵。

罗亚尔从客厅的窗户俯看着下方的停车场。大多数车辆都已经几个星期没动过了——挡风玻璃被酒瓶砸烂，车厢里塞满垃圾，车身坐在瘪了的轮胎上，周围则是一片垃圾的汪洋。这些垃圾，从大厦向外呈辐射状，像一个正在扩散的污点。

这种可以目见的指标，不单明示了大楼的没落，同时也衡量出它的各位住客对于这种朽败进程的接受程度。有时候，罗亚尔怀疑他的邻居们其实是在下意识希望一切都衰败得再多一些。他注意到物业经理办公室周围已经没有了怨气冲天的住户。就连他自己的那些顶层邻居，头些天还迫不及待地抱怨，到现在也已对这建筑再没什么苛责。经理不在岗——他依然在底层公寓卧床不起，处于精神崩溃状态；2层混录调音师的妻子和3层首席小提琴手的妻子则是他仅存的两名员工，正都清心寡欲地坐在大厦入口大堂的办公桌旁，对于头上面正在发生何等急速的退变，她俩丝毫没在意。

住户们对这公寓楼的作为已是粗鲁到了夸张的地步，像是故意滥用电梯空调，好让电力系统疲于应付。这让罗亚尔挺感兴趣。草草对待能给自己带来便利的东西，反映出大家精神上重视的事物正在改变；而且，这种正在浮现的社会及心理新秩序或许正是罗亚尔所等待的。他还记得收拾怀尔德那会儿，怀尔德还笑得相当开怀，因为当时那一队儿科医生和学者们抓哑铃一般挥舞着手里的木棒，像极了一群发疯的体操运动员。罗亚尔早已发现了这段怪诞的小插曲，不过他猜测：对于半昏迷着被丢进电梯，怀尔德隐隐也是很乐意的。

罗亚尔走在蒙了防尘罩的家具之间。他举起手杖，用当初揍怀尔德的动作在污浊的空气里挥舞。大队警察随时会开来，会把他们带下楼，装车送到最近的拘留所。或者说，会不会呢？住户们求之不得的，正是摩天楼显著的自给自足属性；有开发区这样一大片私人领地在外，大厦就是个自治内飞地。作为超市、银行、美发沙龙的运营者，物业经理和他的员工也均为公寓楼里的住客；少数几个外来人员要么已经自行离去，要么已经被解雇。有工程师会依经理的各项要求进来做建筑的维护保养，但很明显，他们没有再接到任何指示，甚至可能已经有人告诉过他们不用来了——也已经很多天没人打电话叫垃圾车来收垃圾了；同时，有相当数量的垃圾槽已堵死。

尽管周遭越来越混乱，住户却越来越少地表现出对外部世界的兴趣。还没分拣的信件大包大包堆在底层的大堂里。至于那些散落在摩天楼周围的残碎杂物，那些碎瓶子和易拉罐，已经满满铺得就快要看不见地面。就连那些遭破坏的车辆，也被大堆等待清理的建材、木质模具和坑坑洼洼的砂土遮蔽得几近隐形。此外，再没有什么外人来拜访大厦了，算是在这致力于隔绝外界的潜意识合谋中也掺了一脚。已有数月之久，罗亚尔和安妮不曾邀请任何朋友来公寓做客。

罗亚尔看着妻子茫然地在卧室这里那里地走。安妮打电话叫来了简·谢里丹——她的密友——来帮她收拾东西。两位女士正在把一整排晚礼服一件一件从衣橱架传到行李箱里，同时又把不大需要的衬衫长裤拿出手提箱挂回衣橱去。从这些举动真的很难看出她们到底是动身以前在打包，还是抵达以后在开箱。

“安妮——你是要留还是要走呢？”罗亚尔问，“我们今晚能做成一件就不错了。”

安妮一脸无助地比画着那些装到半满的行李：“没开空调——我没办法思考。”

“这个时间你就算想出去也出不去。”简告诉她，“要我说，我们已经被困在这里孤立无援了，所有电梯都已经被其他楼层霸占。”

“什么？你听见了没？”安妮生气地瞪着罗亚尔，就好像是他在候梯厅上的设计失误直接导致了这样的海盗行径，“行，那就明天走，明天起床就走。吃的怎么办？餐馆不会开门的。”

曾经，对于邻居们在膳食上无休止的煞费苦心，安妮表现出了相当蔑视的姿态。因此夫妻俩从不在公寓用餐，冰箱里仅有的食品是给狗吃的。

罗亚尔凝视着镜子里的自己，把身上的白色夹克整理服帖。渐暗的光线里，镜中映像具有了某种近乎幽灵的活气，他看起来就像一具微微亮的尸首。“总能想到其他办法的。”他意识到这个回答略奇怪，就好像在暗示除了超市以外还有其他的食物来源。他低头看向简·谢里丹丰满的身体。见到罗亚尔柔和的表情，她也给了他宽心的微微一笑。自阿富汗猎犬死后，关照这位和善女郎的任务就由他接手了。

他告诉两位女士："再过大约一小时，电梯就能用了。到时候我们就下楼去超市。"想到自己的雪狼可能还睡在套间里他的床上，他决定要去楼顶遛一遛狗。

安妮开始清空那些装了半满的行李箱。她看起来根本就不大清楚自己正在做什么，就好像她的一大部分意识被人为关机了。所有那些牢骚，她都从不曾自己打电话给物业经理投诉过。也许她觉得这种事情配不上她高贵的形象；不过，哪怕再细微的不满，她也从未向大厦外面那个世界的任何一个朋友提及。

想及此，罗亚尔注意到她的床头电话早就被从插槽上拔掉了，缆线整齐地绕在接收器旁边。

去寻找雪狼之前，罗亚尔在公寓里四处转了转，看到门厅、客厅和厨房里的另三台外间电话也都已经是没连上线的状态，终于明白为什么近几周没有接到哪怕一通来自外界的电话了。他明白以后也不会再接到了。这平添了一份安全感。他已经猜到：再做多少打算都一样，次日早上也好，随便哪天都好，他们不会离开的。

8. 食肉鸟

罗亚尔从楼顶套间敞开的窗户向外看去。50英尺外，那些电梯机房上聚集了一群体型很大的鸟。这是一种不太常见的河口海鸥。近几个月，它们从河边飞上来，开始成群聚集在通风竖井和楼顶蓄水池上，大批出没于无人的雕塑园里的通道中。在康复的那段时间，罗亚尔就经常坐着轮椅到私家平台上观察它们的到来。后来，健身机装好以后，每当他在做运动，那些鸟都会在平台上蹒跚地走来走去。它们似乎是被罗亚尔的白色夹克和浅色头发所吸引，那种色调真的很接近它们自己那一身鲜亮的羽毛。它们会不会将他认成了自己的同类？一只跛了脚的老信天翁，在河畔这方偏僻的楼顶栖身避难？罗亚尔很喜欢这个念头，时常拿出来想一想。

夜色尚早，法式落地窗在夜空里摇过来摆过去。雪狼跑了，到那500英尺长的观景天台上独自猎食去了。随着夏季的结束，楼顶也彻底没了人的行迹。鸡尾酒会的大幕帐还残留了部分，一场雨过后，拖泥带水地倒在了护栏下方的排水沟里。鸥鸟们收起了沉沉的翅膀，在一只纸箱四周散落的芝士条当中大摇大摆踱着步。盆栽棕榈已经有好几个月无人养护，整个楼顶正一天比一天更像一个饥渴贪婪的花园。

罗亚尔走到了低处的楼顶天台。伏在电梯机房上的鸟向他投来敌意的目光，他很享受。翻倒的椅子，稀疏的棕榈，缺了人造钻石被丢弃的墨镜——这些，无不令人感觉到有一种蛮荒的东西正在复苏。是什么吸引着这些鸟儿来到天台上的这片孤地？正当罗亚尔走近的时候，一群鸥鸟俯冲直下，疾飞着争抢从低了十层的某个阳台抛出去的残羹剩饭。弃在停车场上的垃圾给它们提供了食物来源，罗亚尔却觉得它们占领楼顶的真正动机与他相近，神圣的暴力即将降临于此，它们响应着这与它们的故土如出一辙的景象，自远古某处飞来了这里。因为担心它们会离开，罗亚尔很频繁地带东西给它们吃，就好像要说服它们：等待是值得的。

他推开生锈的大门走进雕塑园，打开一盏装饰灯的灯罩，取出了里面的一盒早餐麦片。这原本是留给雪狼的。罗亚尔把谷物撒进了混凝土通道间和玩具雕塑的几何形外壳上。设计这个园子曾令他特别地满足，而现在，他很遗憾孩子们再也用不上这个游乐园了。但是至少，鸟儿是可以自由来去的。鸥鸟们都眼巴巴跟着他，健壮的翅膀几乎把麦片盒子从他手里扫下去。

罗亚尔拄着手杖，绕着混凝土地面上的几洼积水挪着步子。他一直都想拥有一座自己的动物园，要养五六只大型猫科动物，尤其要有一个很庞大的鸟舍，好把各类的飞禽都养在里面。这些年来，他已经为这座动物园勾勒了许多草图。讽刺的是，其中一个方案恰恰是摩天楼的结构；鸟儿们会在那片天空中自在活动——那是它们真正的家园。动物园和大型建筑一直都对罗亚尔有着特殊的吸引力。

一只暹罗猫湿淋淋的尸体倒在排水沟里，是鸥鸟把它逼进去的——这小兽从低处某间温馨舒适的公寓顺着通风井一路往上攀爬，在被这些鸟绝杀之前，最后拥抱了几秒钟阳光。猫的身旁是一只鸥的尸体。罗亚尔过去把它拾起来，尸体的分量让他很是吃了一惊。他走向前，往外一使劲将它远远抛向空中。它向地面急坠，几乎无止境地直直掉下去，最后像一枚白色的炮弹在一辆车的引擎盖上炸开。

没有谁看到他，反正罗亚尔也不在乎被谁看到。尽管对各位邻居的行为有着浓厚的兴趣，但他发觉不去看低他们也真的是很难。和安妮结婚的这五年带给了他一套新的偏见。他挺无奈地意识到自己看不起这些房客——这些人是多么心甘情愿地一头扎进了公寓楼为他们指定好的位置，因为责任感过度发达，又庸庸碌碌。

最重要的是：他看不起他们的高品位。这幢建筑就是一座象征着高品位的丰碑，象征着设计考究的厨房、精美的器具和织料、典雅又绝不张扬的室内陈设——简而言之，它所象征的，就是这些受过良好教育的专业人士的那一整套审美观，传承自每一所工业外观设计院校和每一个在二十世纪最后二十五年间成为标杆的获奖家装方案。罗亚尔憎恨这种正统的智慧。去邻居的公寓拜访时，他会感觉自己从生理上排斥那些获奖款咖啡壶的轮廓，排斥那些细致调配出的色彩方案，排斥那些能把公寓里每样东西都点石成金地变为功能与设计之完美结合的所谓高品位和高智慧。在某种意义上，这些人就是未来那些收入高教育好的无产阶级的先锋；他们，连同他们上等的家私和智能化的情感一齐困在这些昂贵的公寓里，逃无可逃。罗亚尔情愿付出任何代价，换一个庸俗的壁炉摆设，一个不那么雪白的抽水马桶，换来一线希望。感谢上帝，现在他们终于要挣出这衬了皮草的囚笼。

在他左右两侧，浸湿了雨水的混凝土延伸进暮霭深处。没有雪狼的半点踪迹。罗亚尔已经走到了楼顶中央。那些鸥鸟站在通风竖井和电梯机房上，用异常警觉的双眼观察着他。想到狗可能已经成了这些鸟的一顿大餐，罗亚尔一脚踹开了一张翻倒的椅子，高声唤着雪狼的名字向楼梯口走去。

在距离楼顶南端的私家平台10英尺的地方，靠护栏站着一位披着皮草大衣的中年女士。她不停地颤抖着，视线越过开发区，凝望着远处银白色的河道。三只驳船跟在拖船后面逆流而上，一艘警察巡逻艇正沿河北岸逡巡。

走近时，罗亚尔发现这位女士是珠宝商的遗孀。她是在这里等待警察的到来吗？自己却又因太过高傲而执意不肯报警？他正要上去问她是否见到过雪狼，却已经知道不会有回应。她的妆容无懈可击，但从胭脂粉底间透出一种极端敌意的表情，她的痛苦有多深眼神就有多冰冷。罗亚尔握紧了自己的手杖。视线所及，看不见这女人的双手，而他几乎确信：外套遮掩之下，她那戴着戒指的手指间正握着一对已出鞘的刀。不知何故，他突然深信她和她丈夫的死脱不开干系；而她也随时会上来掐住他，扭打着把他从天台上丢出去。与此同时，罗亚尔自己都很惊讶：他发现自己居然很想去触碰她，想伸出手臂揽住她的双肩。是性冲动在作祟吧。有那么荒唐的一瞬间，他甚至很想在她面前裸露出自己的身体。

“我正在找安妮的雪狼。”他讪讪道，见她没应，他加了一句，“我们决定不走了。”

罗亚尔也不清楚这个哀伤的妇人何以会让他这样。他转身离开，从楼梯下到下面的一层。尽管两腿疼痛，他仍沿着走廊疾行，边走边用手杖敲打着两边的墙。

等他走到中心处的候梯厅时，从五部高速电梯当中离得最近的那个电梯井里清晰地传来雪狼的狂吠。罗亚尔把头抵到电梯门板上。电梯轿厢连同里面正在咆哮蹦跳的雪狼正停在15层，厢门被卡着关不上。罗亚尔能听见金属棍砸在地板和墙壁上的重击声。三名行凶者当中还有一名女性，他们一边高声喊，一边把这牲畜打倒在地。

狗的尖嚎渐渐平息，电梯终于回应了召唤按钮，上到了顶层。厢门开处，只见狗在满是血迹的地板上几无知觉地拖行着。它的头肩鲜血淋漓，缠结在一起的长毛在墙壁上拖出一道又一道血痕。

罗亚尔想安抚它，可雪狼被他的手杖吓坏了，张嘴去咬他的手。好几位邻居聚拢过来，都带着各式各样的武器——网球拍、哑铃、拐杖。罗亚尔的一位好友示意他们靠边。这位名叫潘伯恩的妇产科医生住在候梯厅隔壁的那间公寓里。他常和安妮一起游泳，也常在天台和这条狗嬉耍。

“让我来瞧瞧……可怜的小鬼，那些野蛮人把你折磨得哟……”他轻巧地慢慢蹭进电梯，开始安抚那条狗，“罗亚尔，我们把它带回你的公寓去。然后，我建议我们讨论一下电梯该停在哪儿合适。”

潘伯恩跪在地上，对狗吹起了一串奇怪的口哨。几个星期以来，这位妇产科医生一直都在敦促罗亚尔对大厦的电力转换系统采取干预，借此向较低的楼层展开报复。这种所谓的对摩天楼的控制权是罗亚尔在他的各位邻居当中别具权威的主要原因，不过他也猜测：潘伯恩清楚他是永远不会动用手中这份大权的。妇产科医生柔软的双手和诊室做派都让罗亚尔略感忐忑，他就好像随时都打算给哪位毫无思想准备的患者小心地摆出难堪的分娩体位。不过事实上，潘伯恩属于那种新生代的妇产科医生，他们从不真正触碰到患者，更别说接生了。此人的专长是用电脑分析新生儿啼哭的录音，据此诊断出无数种将来会患上的疾病。他摆弄录音的样子，就好像过去的男巫在仔细探析内脏的排列分布。毫不意外，潘伯恩在摩天楼里仅有过的桃色对象是住在2层的一位实验室研究员，这位深褐发色、苗条寡言的女子大概把她所有的时间都花在了折磨小型哺乳动物上面。楼里冲突爆发后没多久，他就断了两人的来往。

不过，潘伯恩对付受了伤的雪狼还是很有一套的。罗亚尔在一旁等待，看他把狗安抚住，然后给它验伤。他用白皙的双手托住它的口鼻，就好像刚刚把这可怜的牲畜从胎膜中剥离出来。两人合力，把狗半抱半拖回了罗亚尔的寓所。

幸好，安妮和简·谢里丹为了要赶上唯一留作日常通行的那部电梯，已经出门去了10层超市。

潘伯恩把狗安置在盖住沙发的防尘罩上。

“很高兴有你在场。”罗亚尔对他说，“你怎么没在诊所？”

潘伯恩抚摸着雪狼肿胀的头部，用白皙的手小心清理血迹。“我每周有两个早上去作专家咨询，那就够我听完那些最新的录音了。其余时间我在这里站岗。”他刻意地盯着罗亚尔，“如果我是你，会把安妮看得更紧一点——除非你想让她被人……”

“建议挺合理。你就从没想过要离开吗？现在这事态……”

医生对罗亚尔皱起眉头，好像不确定他是不是认真的。“我才刚搬来不久。再说了，我何必对这些人做出任何让步呢？”他用血迹斑斑的手指意味深长地指着地板。

这么一个温文尔雅、谨小慎微的人，居然有这样的决心来捍卫自己的地盘，着实令罗亚尔佩服。他将医生送到门口，对他施以援手表示感谢，并承诺会与他讨论如何对电梯搞破坏。在接下来的半小时里，罗亚尔为雪狼清理了创口。狗渐渐入睡了，白色防尘罩上的血痕却令罗亚尔愈发感到心神不宁。这次袭击在他心里释放出了对冲突的某种更有意的渴望。迄今为止，他一直从中斡旋，对采取任何不必要的报复行动都予以遏制。而现在，他不惜一切代价也要制造事端。

下方某处，一只瓶子掉落到了哪户的阳台上砸个粉碎；然而过吵的唱机声、喊叫声和敲打声组成了越来越大的背景噪声，这一声爆炸只不过是其中的一小下。公寓里的光线开始渐渐暗下来，覆着罩子的家具好似充气不足的云朵一般悬停在周遭。下午已经过去，很快，危险期就要来临。想到安妮要从10层找路回家，罗亚尔一转身打算离开公寓。

走到门边，他停下了，一只手盖上了自己腕表的表盘。他对安妮的关心分毫没少，倘若此刻有什么不同的话，他对她的占有欲愈加强烈——只不过，他决定过半个小时再出去找她。这反常的做法自当会增加危险因素和发生冲突的几率。他冷静地在公寓里四处走动，注意到了地上的电话和缠绕整齐的缆线。——即便安妮被困在了什么地方，也没办法打电话给他了。

罗亚尔在等待天黑。他走上楼顶套间，凝视着电梯机房上的鸥鸟。暮色里，它们的羽翼依旧是鲜亮的白色。就如同那些黄昏时驻足于墓陵飞檐上的鸟儿，它们在白骨般的混凝土的映衬下，轻轻拍拂着翅膀。似乎为罗亚尔纷乱的思绪所激扰，它们一抖擞冲进了夜空。想到自己的妻子和她可能遭受的侵犯，涉险与复仇就好似某种性狂热，绷紧了罗亚尔的神经。再过二十分钟，他就将离开公寓，循着摩天楼的井道落下他的屠刀，杀伐降临。他真想带上这些鸟儿。他仿佛已经看见它们从电梯井俯冲而下，打着旋沿楼梯翻飞，猛扑进走廊中去。罗亚尔心急着将至的残暴，看它们在天上盘旋，聆听它们嘶鸣。

9. 走进低处

晚七点，安东尼·罗亚尔带着雪狼动身去寻找妻子。遭殴打的狗已经有所恢复，在他前面蹒跚而行，湿漉漉的长毛上绽开一朵艳丽的猩红。和白色夹克上的血迹一样，罗亚尔对这些战斗的标记引以为傲。好似在模仿自己的狗，他也在自己前胸和后摆染了它的血，活像一枚徽章，嵌在尚待设计的刽子手制服上。

他来到高速电梯候梯厅，从那里启程，向大厦下方腹地进发。一群兴致勃勃的邻居正从其中一部电梯里走出来——往下四层，有一间公寓被15层的一群房客洗劫了。此类零散的寓所劫案近来发生得愈加频繁。哪怕住处只一天时间没人在，空屋都尤其容易遭人下手。有某种潜意识里的通信系统在提醒着潜在的劫匪：楼上或楼下十几层范围内，某某户时机成熟，待抢。

罗亚尔费了些力气，找到了一部电梯把他带到35层。餐馆已经关门了。招待罗亚尔夫妇用过午餐后，主厨和他的太太便也一去不返。餐桌餐椅在厨房四周堆得如同路障，旋转门已经上了挂锁。长长的观景窗，连同窗外壮观的景色，也都已被百叶窗遮蔽，还拴了链子，于是泳池的北端也陷入一片黑暗。

最后一位泳客是住在38层的市场分析师，他也正从泳池里爬上来。更衣的时候，他妻子在隔间外守着，看雪狼趴在跳板旁满是油污的地面上舔池水。它对着一间空更衣室的门排泄时，她面无表情。雪狼这种行为重新唤醒了对地盘的原始条件反射，让罗亚尔感受到了适度的自豪。显眼的狗尿标记了这间更衣室，把这一小块地盘划归了他的治下。

在接下来的一小时里，罗亚尔继续向下搜寻自己的妻子，更加深入到摩天楼的中心地带。从一个楼层到另一个楼层，从一部电梯到另一部电梯，他意识到了事态究竟已经恶化到多么严重。居民们针对这幢大楼的反抗已然如火如荼。垃圾在堵塞的垃圾槽周围堆积成了山，楼梯上满是破碎的玻璃、散架的椅子和断裂的扶手。更重要的是：候梯厅里的公用电话全被人扯掉了，仿佛房客们也像安妮和罗亚尔自己一样，对切断与外界的任何联系都予以了认同。

越往下走，破坏情况就越严重。防火安全门歪斜地半挂在合页上，石英视窗也被打出了洞。已经没几个走廊和楼梯间还有灯能亮了，也没有什么人想过要把坏灯泡更换掉。时至晚八点，只有几许微光照进那些走廊，让它们变成了堆满了垃圾袋的幽暗隧道。那些用夜光漆喷满了整面墙的标语，俗艳的轮廓仿佛一场噩梦里的装饰品，在罗亚尔的身侧依次呈现出来。

各个敌对派系的住户们都在候梯厅里四下站着，守卫自己的电梯，并沿走廊监视着敌方。许多女住户肩上都挂着便携收音机，在各个台之间切来换去，就好像要调台打一场声波战。其他人则随身携带摄像机和闪光设备，准备随时录下任何敌对行为和对其领地的进犯。

每两层楼就换乘一次电梯，罗亚尔终于下到了公寓楼的下半部分。没有其他住客出来为难他，只是在他走进他们候梯厅的时候看着他，在他信步而过的时候给他让开道。有了负伤的雪狼和染血的夹克，罗亚尔在这些敌对的族群之间畅行无阻。他就如同一个遭了背叛的领主，正走下他的城堡主楼，将自己的创伤展示给造反的子民们看。

到达第10层时，中央大厅几乎空无一人。少数几名住户在购物中心里转悠，看着空空如也的铬合金柜台。银行和酒廊已经关门大吉，格栅上挂了锁链。到处都不见安妮的踪影。罗亚尔引着雪狼穿过摇摆门走进泳池。池里将将半满，黄色的池水里满是垃圾，浅水区已经见了底，如同一个垃圾环礁湖的沙滩地。一张床垫漂在数个瓶子之间，周围的水里泡满了硬纸箱和报纸。

就算里面有具尸首，也未必注意得到了，罗亚尔心想。雪狼顺着那一排已遭损毁的更衣间边嗅边走，罗亚尔则挥着手杖，想让潮滞的空气流动起来。很快就会在这大厦的底层窒息而死了吧。哪怕只是这匆匆一探，他也已经感到自己快被压垮了，被上方所有那些人，被那数千个生命个体，连同他们各自被压抑的时间与空间。

从泳池那一边的候梯厅传过来一阵喧腾。罗亚尔催促雪狼前行，大步走向跳板后方的后门出口。透过玻璃门，他看到小学门外爆发了一场激烈的争执，有二十来个男女参与其中。较低楼层的那队人各自抄着课桌椅，其中不乏画架和一块黑板；其余那些人则要阻拦他们夺回教室。

很快，混战爆发。一位剪辑师把一张课桌高高举过了头顶，在他的鼓舞下，家长们决然冲锋陷阵。他们的对手，第11、12层的住户们，则固守着己方阵地，喘着粗气组成了一条封锁线。一场煞气冲天的群殴就此开打，男男女女毫无章法地彼此扭成一团。

罗亚尔拉走雪狼，决定任由这群人你推我搡自己去解决纠纷。正当他转身去继续寻找安妮的时候，楼梯间通往候梯厅的门被人猛地冲开，一大帮来自14、15层的住户涌了出来，奋身投入战局。带头的是理查德·怀尔德，他正单手攥紧了电影摄像机，好似攥着一面战旗。罗亚尔权当是此人正在给他成天挂嘴上的纪录片拍摄片段，才安排了眼前的这一整场戏。怀尔德却是身处战局最中心，气势汹汹地挥着摄像机，煽动着他的新盟友去对付他的老邻居。突击队一方溃败，家长们把课桌和黑板丢了一路，被逼退到了楼梯间。

怀尔德在他们身后狠狠一把甩上了门。对昔日邻人和友人的驱逐，无疑带给他极致的满足。他挥起摄像机指向小学教室——两个年轻女子，罗亚尔的太太和简·谢里丹，正蜷缩在一张翻倒的课桌后面，就好像两个使坏被逮个正着的小孩，看着怀尔德用夸张的手势示意她们过去。

罗亚尔紧紧拉住雪狼，推开了玻璃门。一群住户正兴高采烈地将儿童课桌大卸八块。他从他们中间大步穿了过去。

“可以了，怀尔德。”他高声道，语气坚定又随意。“交给我来。”

他从怀尔德身边经过，走进教室，扶起了安妮。“我带你离开——不用怕怀尔德。”

“我不怕……”尽管受了不少罪，安妮却是异常从容。她一脸钦慕地望着怀尔德，“我的天，他真的好疯……”

罗亚尔等着怀尔德向他发难。尽管有二十岁的年龄差，他仍感镇定和自制，做好了迎接肢体对抗的准备。怀尔德没有要动手的打算。他近乎动物一般轻挠着自己的腋窝，一边饶有兴致地打量着罗亚尔，好像很乐意看到罗亚尔屈尊到了低楼层，终究为争地盘和争女人而亲身上阵了。衬衣敞至腰际，怀尔德颇有几分得意地将粗桶一样壮实的胸露在外面。他手握着摄影机紧贴着脸，就好像正在进行布景设想和动作设计，在编排一场将会适时上演于大厦更高处也更有看头的大对决。

那晚，回到40层的寓所之后，罗亚尔开始着手稳固自己在摩天楼最高几层的领导地位。安妮和简·谢里丹在安妮的床上休息，他则先去照顾雪狼，把厨房里最后一点狗粮喂给它。它肩部头部的伤口已经结了硬币一样硬的痂。相较于妻子蒙受的侮辱，这条狗的负伤更能刺激到罗亚尔。他刻意推迟去寻找安妮，就几乎注定了她要受些罪。和他料想的也差不多：她和简结束了超市购物，却找不到能用的电梯，在大厅被一名喝醉酒的音响师调戏之后，两人躲进了废弃的教室。

“下边的人都在自己拍片子。”安妮告诉他，很明显，得以亲历一把底层社会的工作娱乐，让她沉迷得无法自拔，“一有什么人被打了，都会有十台左右的摄影机在旁边拍。”

“他们都拿到投影厅去放映，”简也佐证，“全挤在里面，一起看各自拍好的样带。”

“只有怀尔德不是。他是在等一些真正可怕的事情。”

两个女人都不加思索地转头看向罗亚尔，不过他对此不以为然。是他对安妮的感情，隐隐使得他把她炫耀给下边那些邻居们看；当作他的一份礼，进献给他们将要共同开创的新国度。相较而言，雪狼则属于一个更讲求实用的世界。他早就心里有数：这条狗也许会非常有用——在可预见的未来，比起任何女人，它都能更好地用来交换出手。他决意留着这件染血的夹克，很乐意把这条狗的血佩在自己胸口。每每有各户邻居的女眷来探望安抚那两位女士，提出要帮他把血渍清洗掉的时候，他都一概予以婉拒。

罗亚尔的雪狼和太太所遭受的侵犯，自然令他的公寓成为邻居们关注的中心，大家决定：在被困死大厦楼顶之前，要重新夺回主动权。立即向35层以下的住户争得援手是有绝对必要的，罗亚尔向潘伯恩解释：

“想要立于不败，就需要有盟友给我们充当缓冲层，以对抗下方来的任何进攻，并且这还让我们能控制使用更多的电梯。我们现在面临的是与大厦中心地带隔绝开来的危险。”

“对。”妇产科医生表示赞同。他很高兴见到罗亚尔终于看清了当下情势：地利。“一旦在那里立足，我们就可以发动他们去斗更低层的人——总之，瓦解离间中心区，便可以下手殖民整座楼……”

回想起来，罗亚尔惊讶于他们竟能如此轻易就将这些雕虫小技付诸实施。当晚九点，趁着各家的晚间派对还没开始，罗亚尔开始谋取35层泳池以下那些住户的支持，潘伯恩则驾轻就熟地利用了他们的怨言。他们和顶层面临着很多共同的难题：这些住户的车也都遭到损毁，供水和空调情况越来越差也让他们同样难捱。权衡之下，罗亚尔和潘伯恩提议他们使用顶层直通电梯。他们再也不需要进主入口候梯厅，不需要一路忍受那三十多层楼才能回到自己的寓所。现在，只需要等到一位顶层住户现身，他们就可以跟着进入私人候梯厅，可以直达35层且安全无虞，然后只要再往下走几级台阶就能抵达住处。

提议被接受了。罗亚尔和潘伯恩故意没有谈及回报问题。谈判代表团班师回到40层，代表们各自回家为当晚欢宴做准备。在刚刚过去的一小时里，也还是发生了几件琐事——28层一位业务经理的中年妻子被敲昏后丢进了半满的泳池里，7层的一位放射科医生则在美发沙龙的数台干发机之间被人一顿好打——不过大体而言，摩天楼里一切如常。夜越来越深，狂欢的响动持续不断，充满了整幢建筑。从低楼层开始，派对的范围向上延伸开来，为大厦披上了一副用灯火和庆典打造的盔甲。罗亚尔站在阳台上，倾听着渐起的欢歌笑语，等候两位年轻女士梳妆打扮。在下面很远的地方，一辆车沿着引道开向邻近的摩天楼，车内的三位乘客正仰望着这边人头攒动的数百个阳台。看到这样一艘华光之船，任何人都会理所当然地认为船上的两千人都正沉醉在共同的欢欣鼓舞之中。

这满溢着活力的气氛令人精神焕发，安妮和简·谢里丹已经飞快地复原了。安妮再没提及要离开摩天楼，而且看上去好像已经彻底忘了自己曾经做出过这个决定。发生在小学的那一场混战，给她一种和摩天楼其他住户之间前所未有的感觉：团结精神。在未来，无疑，暴力将会成为极具价值的社会黏合剂。罗亚尔护送她去当晚第一场派对，主人是37层一位报纸专栏作家。安妮和简挽着手臂悠然而行，那些关于冲突进一步升级的传闻，以及6层和14层也陷入黑暗的消息，无不让她们振奋。

潘伯恩则向罗亚尔表示祝贺，就好像他认定了罗亚尔是得逞的元凶。欢客衣冠楚楚，大厦轰然将倾，这之间的落差，即便是在顶楼那几层也都似乎无人意识到。男士们身着剪裁考究的晚礼服，在堆满垃圾的走廊里穿行，从那些堵塞的垃圾槽和被破坏的电梯前走过。优雅的女郎则提起长长的裙摆，跨过破瓶子的碎片。高级须后水的气息里混进了厨房垃圾的味道。

这些诡异的反差令罗亚尔很感欢欣，它们标志着这些举止得体且自制的职业男女已经和理性行为这一概念偏离得有多么远。他想：自己和怀尔德的交锋，可是囊括了在摩天楼内碰撞冲突的所有力量。很明显，怀尔德已经又一次开始攀登这座楼，并且已经爬到了第15层。按理，摩天楼该做彻底清场，只余怀尔德和他自己。意念中的那场真正的决斗，发生在那座大楼无人的走廊和无主的公寓之间，鸥鸟是仅有的观战者。

现在，安妮已是受之泰然。空气里的暴力威胁让她成熟了。罗亚尔站在作家的客厅壁炉旁边，带着爱意注视着她。她已经不再跟上了年纪的商人或是青年企业家调情，而是专心致志在听潘伯恩医生说话，仿佛意识到除了纯专业以外，这位妇产科医生对她还有很多其他用处。即便罗亚尔以向其他住户炫耀安妮为乐，他更多的还是想去呵护她。这种性领地的范围扩大到了简·谢里丹。

“是否考虑过搬来和我们同住？”他问她，“你的公寓位置太过暴露了。”

“我很愿意的——安妮也跟我提起过。我已经搬了一些东西过去了。”

罗亚尔与她在堆着垃圾的门厅里共舞，当众抚摸着她紧实的臀部和大腿，如同用一份财产名录确立下了在未来某天对她身体的这些部位拥有主权。

数小时后，午夜已过的某个时刻。罗亚尔觉得这些派对永远都不会停下来了。他发现自己正醉倒在39层一所空公寓里的长沙发上，简·谢里丹靠在他肩头。四周桌台上堆满了脏玻璃杯和烟灰缸，都是宾客遗弃下的派对残迹。时不时有暴行发生，响动盖过了附近阳台传出的音乐。什么地方正有群住户在有一句没一句地大喊大叫，一下下捶打着电梯门。

停电，瞬间带走了光亮。罗亚尔躺在黑暗里，迎着来自邻座摩天楼的灯光，让自己微眩的头脑平静下来。下意识地，他开始爱抚简，轻抚她丰实的乳房。她无意挣脱他的怀抱。过了一会儿，供电恢复，倒在阳台地板上的唯一一盏台灯亮了。她认出了罗亚尔，之后把整个人压了上去。

厨房传来一声响，罗亚尔四下环顾，看到了他的妻子。她一身长礼服，坐在桌边，正把一只手放在开始变热的电咖啡壶上。罗亚尔双手环抱着简，故意放慢了速度，就好像是在为妻子着想而做了个慢速回放。他清楚安妮看得到他两人，可她安安静静坐在餐桌旁，点燃了一支香烟。在随后的性爱期间，她就这么不发一言地看着他们，好似对此的默许。这并非出自对待出轨的什么时髦态度，罗亚尔意识到：这是源于所谓的“部落团结感”——对部族首领的绝对顺从。

10. 枯水湖

第二天天亮，25层的罗伯特·莱恩坐上了自己的阳台，吃着简单的早餐，听着周围公寓里的第一拨响动。已经有住户离开大厦去上班了。他们小心地避开脚下的破烂，向落满垃圾的车子走过去。每天，仍有几百人去往自己的办公室和工作室、机场和拍卖行。尽管住所供水供暖不足，这些男男女女却都衣饰光鲜整洁，从他们的外表一点儿都看不出最近几周都发生了什么。可到了办公室里，很多人大部分时间都会趴在桌上睡着而不自知。

莱恩有条不紊慢慢吃着他那片面包。坐在阳台破裂的瓷砖上，他感觉自己就如同一个贫穷的朝圣者，踏上了一段垂直向天的苦旅，此刻正在道旁的一间圣祠里进行一个简单而有深意的仪式。

前一夜，带来的是彻底的混乱——各家派对酗酒烂醉、吵架干架、劫掠没人在家的公寓，骚扰任何落单的住户。又有几个楼层陷入黑暗，包括22层，他姐姐艾丽斯住的那层。通宵达旦几乎无人入眠。不可思议的是，一晚上没几个人会现出疲态，仿佛他们的生活正在从白天转向黑夜。莱恩半怀疑：那困扰诸多邻居的失眠症，是下意识里为将要面临的非常状况所做出的某种准备。他感觉自己现在机警又沉着——即便肩膀和手臂上有瘀青，他的身体状态依然甚佳。八点钟的时候，他打算把自己收拾一下，然后动身去医学院。

前一晚，莱恩花了前半段时间给夏洛特·梅尔维尔收拾屋子。她和她的孩子躲到朋友那里时，寓所遭到了入侵者的洗劫。之后，他又花了几小时，帮忙看守他的邻居们占领的一部电梯。倒不是说他们占了电梯就用它去了哪里——所谓占领电梯，重点在于对它的控制能在心理上达到一段切实有效的区间。

入夜的开场，依旧是保罗·克罗斯兰举办的派对。这位电视新闻主播——如今的部落酋长——在演播室耽搁了一下，他的客人们收看了他的九点钟新闻，看他用熟悉的、收放自如的嗓音播报在交通高峰时段发生的一起六人死亡的多车相撞事故。莱恩和邻居们一起站在电视机周围，他在等着克罗斯兰会不会把摩天楼内正在发生的同等严重的事件也提一句，比如珠宝商之死（已被忘得一干二净），或是住户们自相为敌。又或者，等到播完新闻，他会加播一条特别消息，给他这些正在他家客厅的满地垃圾之间调制酒水的部落成员听一听。

克罗斯兰来了。等到他穿着羊毛里的外套和皮靴，像个归来的轰炸机飞行员一样斜身拐进门的时候，屋里每个人都已经喝醉了。埃莉诺·鲍维尔脸颊通红兴奋不已。她摇摇晃晃走到莱恩身边，滑稽地指着他，控诉他企图对她实施入室侵犯。全场都为之欢呼起来，就好像强奸是一种能把部落成员团结在一起的手段，屡试不爽。

“低犯罪率，医生，”她亲切可掬地对他说，“那是社会剥夺的明确标志。”

莱恩不停地喝酒，毫无节制，感觉着酒精冲上自己的头脑。他知道这是在故意刺激自己，以压抑心中对克罗斯兰等诸人是否还理智的怀疑。从实际角度来说，喝醉则几乎是接近埃莉诺·鲍维尔的唯一方式。清醒时，她很容易就多愁善感起来，让人生厌；她会在走廊里茫茫然游荡，好像搞丢了开启心智的那把钥匙。这会儿几杯鸡尾酒下肚，她变得高度活跃，抽风得像个开了又关的电视屏幕，精彩节目播得断断续续，莱恩只有把自己也灌醉了才能看得懂。不管他说什么，她一概表示相反意见；她被吧台下的垃圾袋绊倒，他扶她起身；她的双手在他领间游走，让他兴奋了起来。这已经不是第一次了，莱恩意识到自己和邻居们都在渴望着出事情，把它当成拓展性生活的最有效手段。

莱恩在阳台边上清空了咖啡壶。大量垃圾被人随便抛下去，残余物在建筑的外墙面上糊了一层油腻，也没有谁抛垃圾时还会去在意它们是否会被风吹进下方的公寓里。他把放早餐的托盘带回了厨房。长时间的停电让冰箱里的食物全完了。一瓶瓶酸掉的牛奶成排长满霉菌，变质的黄油滴到了格栅外。腐烂食物的味道也并非毫无吸引力，不过莱恩还是打开了一个塑胶袋，把所有东西都扫了进去。他把袋子扔进走廊，让它在灰暗的光线里和二十几个袋子堆在了一处。

一群邻居在候梯厅里拔高了嗓门吵架。他们和28层的住户之间发生了一起小冲突。克罗斯兰正冲着空空如也的电梯井恶狠狠地咆哮。平时，这么一大早的，莱恩可不会去留意这个。太频繁了，克罗斯兰根本都不知道自己为了什么事在和人吵架——只要是冲突就行。他表情愤怒，虽然脸上没带妆，看着也好像是这位主播头一回遭人捉弄，播读了一条关于自己的坏消息。

矫形牙医看似漫不经心地从门外的一处阴影里走了出来。斯蒂尔和他那冷冰冰的妻子站在一堆垃圾袋当中有一段时间了，夫妻俩把一切都看在眼里。他悄悄走到莱恩身旁，捏住了他的手臂，手法轻柔但复杂，或许他在做哪个不常见的拔牙手术时会用到。斯蒂尔指了指上方楼层。

“他们这是要把那些门长期封死了，”他解释说，“这些人要给这两部电梯重新布线，这样电梯就会从底层直达28层，中间不经停。”

“我们这些剩下的人怎么办？”莱恩问，“要怎么离开大楼？”

“我亲爱的莱恩，我可不觉得他们会多么在意我们。他们真正想干的，是把大厦一分为二——就从这儿，25层。这可是供电的关键楼层啊。把我们下面的那三个楼层一搞瘫痪，他们就能得到一个缓冲带，把低楼层跟大楼上半段分隔开来了。医生，一旦发生这种情况，可千万确保我们都要站到缓冲带对的那半边……”

他突然收住嘴，莱恩的姐姐走了过来，手里拿着她的电咖啡壶。斯蒂尔小鞠一躬，穿过阴影离开了。他的小脚板灵活地穿行在垃圾袋之间，头顶的中分在微弱的光线下发着亮。莱恩看着他悄无声息地溜进了寓所。无疑，在将要到来的险境中，他也会同样游刃有余。莱恩注意到斯蒂尔现在再也没离开大厦了。那份勃勃野心哪儿去了？几周激战过后，他大概可以期待接下来对口腔高级手术的需求也将激增。

在跟艾丽斯打招呼的时候，莱恩意识到：如果牙医说得没错，那她也会被排斥在外，要和她的酒鬼丈夫住在黑暗里，住在分割线不对的那半边了。表面上，她是上楼来借莱恩的厨房给自己的咖啡壶通个电的，可等两人走进他公寓时，她却心不在焉地把壶搁在了门厅的桌子上。艾丽斯走上阳台，眺望着清晨的天空，仿佛很高兴自己脚下多出了3层楼。

“查尔斯怎么样了？”莱恩问，“他在办公室？”

“不……他请了几天假。要我说，没救了。你怎么样？你可不该忽视你的学生。照现在的进展来看，我们需要他们每一个人。”

“今天早晨我就会去的。要不要我顺道去给查尔斯看一看？”

艾丽斯并未理会这个提议。她抓着护栏，开始像个小孩一样荡来荡去。“这上面真安逸，罗伯特。你绝对不了解大多数人的感觉。”

莱恩大笑出声。不知何故，艾丽斯竟认为他没受到摩天楼内诸事的影响——这位姐姐被迫在童年时期照顾比自己还小不少的弟弟而受苦受难，她这种典型的想当然把他给逗乐了。

“你随时想来就来吧。”莱恩伸出胳膊搂住她的肩膀，稳住她身子免得她失去平衡。艾丽斯的长相酷似母亲。以往，他总觉得跟她有身体上的疏离；但是现在，不完全出于性的原因，这种相像激发了他的欲望。他想触碰她的臀部，想把手放上她的胸脯。仿佛意识到了这一点，她顺从地靠在了他身上。

“今晚你用我的厨房，”莱恩告诉她，“就我听到的情况，一切都会混乱起来。你在这里会比较安全。”

“好啊——可你屋子也太脏了。”

“我会给你打扫干净的。”

莱恩克制住了自己，低头看向自己的姐姐。她意识到刚刚发生了什么吗？不知不觉间，他们定下了幽会。

摩天楼各处，人人都在收拾行装，为短途却又关系重大的旅程做好准备，去往或上或下的几层，或横向搬到走廊的另一端。一场隐蔽但却数量可观的配对运动正在进行。夏洛特·梅尔维尔如今与29层的一位统计学家有了亲密关系，几乎不怎么在自己的寓所里住了。莱恩目睹了她的离去，倒也心无怨恨。夏洛特需要某些会激发出她的坚强和勇气的人。

想到她，莱恩感到一阵遗憾——自己并未找到伴侣。但艾丽斯对于家庭美德的那种看似过时的热情，或许能带给他所亟需的实际支持。虽然他不喜欢她举止泼辣，那令他很不愉快地回想起他们的母亲，但能带给他安全感却是毋庸置疑的。

他搂着她的肩膀，抬头看着摩天楼顶。感觉就好像已经有几个月没去观景天台了，可他破天荒地没有想去的欲望。在身处之地，在这悬崖上的山洞里，他会和这个女子建立自己的居所。

姐姐离开后，莱恩开始为去医学院做准备。他坐到了厨房的地板上，抬头看着堆在水槽里的脏盘子和厨房用具。此刻，舒服地靠在一个装满垃圾的塑胶袋上，从这陌生的视角看这个厨房，它变得多么破败。满地都是垃圾、残羹剩饭和空罐子。他数了数，一共有六袋垃圾，让他有些愕然——不知怎么的，他以为只有一袋。

莱恩在满是污垢的衣裤上擦了擦手。倚在这张用自己的垃圾做成的软床上，有种昏然欲睡的感觉。他努力让自己打起精神来。这种衰退已经持续了一段时间，这种对标准的不断侵蚀不止是影响了这间屋子，还影响到了他个人的习惯和卫生。在某种程度上，是时有时无的水电供应和排废系统的失灵迫使他变成这样的。不过，这也反映出人们对任何一种文明传统的兴趣正在逐步丧失。左邻右舍没人在意自己都吃了什么东西。莱恩和他的朋友们已经有好几个礼拜没做过一顿像样的饭菜，并且已经到了只要肚子饿就去随便开个罐头的地步。同样的，没人在意自己都喝了什么，只想尽快喝个烂醉，借以让所剩无几的情感变得麻木。莱恩已有数周没播放过自己精心收藏的唱片了，他甚至连话语也开始变得粗俗起来。

莱恩抠着指甲下面厚厚的一圈黑泥。这种衰退，不管是他自己，还是他周遭的环境，都几乎是让人乐于去接受的。在某种意义上说，他是在强迫自己走下坡路，就好像什么人要下到一个禁止入内的山谷里去。他手上的泥垢，发馊的衣服和愈发糟糕的个人卫生，以及他对食物饮料的兴趣的减退，全都有助于暴露出一个更加真实的自己。

冰箱的噪声时断时续。供电又恢复了，电器们正从电源里用力吸着电流。水泵开始运转，开始有水从水龙头里滴下来。艾丽斯的批评敦促着莱恩，他在公寓里走来走去，尽力把家具收拾好摆正。但是半小时过后，当把一袋垃圾从厨房拎到走廊时，他突然停了下来。莱恩把袋子扔在地板上，意识到自己根本没干成任何事情——他不过是把垃圾重新布置了一番。

远比这些重要的，是公寓的实体安全，尤其是在他外出的时候。莱恩大步走到客厅的长书架前，把他的医学和科学书籍都扒拉出来丢在地板上。他把书架隔板一列一列用力拆下，再把木板全搬进过道。接下来的一小时，他又在公寓里走来走去，把开放式的室内空间变成了一个自制的碉堡。所有的笨重家具，还有餐桌和他卧室里的一只手工雕刻的橡木箱也全都被他拖到了过道里。再加上扶手椅和书桌，他搭建出了一垛坚实的障碍堆。在对此感到满意之后，他又将自己的食物从厨房搬进了卧室。存货少得可怜，但还是够他维持几天的——几袋大米、糖和盐，几个牛肉和猪肉罐头，还有一条变了味的面包。

此时，空调停转了。房间里很快变得闷热起来。近来，他闻到了一股强烈却不刺鼻的味道，一股这间公寓里独有的气味——他自己的气味。

莱恩脱下了肮脏的运动衫，用从淋浴喷头滴下的最后一些水洗了个澡。他刮了脸，穿上干净衬衫和西装。如果像个流浪汉似的出现在医学院，也许这摩天楼里真实发生的事就会被他泄露给一些眼神好的同事。他在穿衣镜里审视着自己。那个人憔悴又苍白，额头带着瘀伤，穿着过大的西装尴尬地站在那里，看上去毫无信服力，就像个经历了漫长的刑期被刑满释放的囚犯，正穿着出狱服在天光下眨着眼睛。

把正门的螺栓拧紧之后，莱恩舍得离开公寓了。幸运的是，比起在大厦内部四处走动，离开摩天楼则要容易得多。经一致同意，在上班时间，像开通一列非官方地铁一般，正门大堂的一部电梯会保持运行。不过，楼里随处都弥漫着紧张和敌意，遍地都是复合交叉的围攻战。用候梯厅里的物件和装满垃圾的塑胶袋搭成的路障，把每层楼的入口都挡上了。别说候梯厅和走廊的墙壁，就连天花板和地毯都被写满了标语，长串长串的暗号则记录了来自上下楼层打劫小分队的历次袭击。电梯轿厢壁上，大约三英尺高处，醒目地写着一大堆数字，就像一本错乱疯狂的分类账册的条目页，莱恩强忍着才没把自己的楼层也写上去。几乎每一样东西都遭到了肆意破坏——候梯厅的镜子被砸烂，公用电话被扯掉，沙发座套被割破。破坏到了那种程度，那都是故意的，就好像要让这破坏起到比破坏本身更大的作用，来掩盖掉摩天楼居民们的那一项真正的预谋——借着扯掉电话线，把自己与外界隔绝。

每天，有几个小时，会出现成体系的数条非正式停战线，像骨折线一般在大厦里蔓延开来。但是这个时间段正在一天比一天缩短。住户们都结成小队在大厦里活动，机敏地提防着任何陌生人。每个人都把自己的楼层写在脸上，像挂了个徽章。在这短暂的四五小时停战期里，大家都可以各处走动，就像爬梯对战的选手可以例行在回合间爬上各自预设等级的阶梯位置。莱恩和其他乘客静待着电梯缓缓下降，个个一动不动地立在一起，像是一堆人体模型正在博物馆作场景展示——“二十世纪末叶之摩天楼居民”。

到达底层，莱恩小心地走出电梯口，从门窗紧闭的经理办公室和还没分拣的一袋袋信件前经过。他已经很多天没去医学院，走出玻璃门的一刹那，清爽的空气和阳光令他震惊了，那简直堪比外星球上的恶劣大气。有一种陌生感，远比楼内的任何气氛都浓烈，它延伸包围了整座公寓楼，一直蔓延过了广场和开发区的堤道。

莱恩回过头看着，像是要留存住自己在精神上和大厦相连的那一条生命线。他穿过停车场。车辆之间散布着成百的碎瓶子和金属罐。一位从项目总部过来的环卫工程师在前一天造访过大厦，可是不到半小时就离开了，他相信了这些崩溃的迹象不过是大厦排废系统的暂时性问题。只要住户没有正式投诉，他们就不会采取任何行动。就在几周前，因为大厦设施的崩溃，全楼人同仇敌忾；这会儿又如出一辙地团结到一起，让外人相信这里万般皆好。这不再让莱恩感到吃惊。部分原因是这摩天楼里的自尊心改头换面了，同时也因为相互间的矛盾需要在不受干涉的情况下解决，好比在垃圾场火并的敌对帮派会联起手来驱逐任何闯入的外人。

莱恩走到了停车场中心，他和那座毗邻的摩天楼之间只剩下两百码距离了。这颗封闭的垂直线条构造的星球，现在他已经可以看清它的玻璃墙面。几乎所有的新房客都已经搬进了各自的寓所，并且把他这幢楼里的一切乃至窗帘布和洗碗机都分毫不差地复制了过去。可是，那座楼显得遥远又叵测。抬头看着无穷无尽的一层层阳台，他感到慌乱，就好像一名游客走进了一座危险的动物园，眼前那一排排垂直叠起的笼子里，那些生物肆无忌惮且极度凶残。有几个人正靠在那边的护栏上，面无表情看着莱恩。莱恩蓦地看到了一幅画面：两千住户纷纷跳上阳台，把他们手边所有的东西都猛砸向他，把他埋到用酒瓶、烟灰缸、除臭剂和避孕用品堆成的金字塔的最底下。

莱恩走到他的车子旁，在侧窗框上靠着。他明白，自己是在以外界的刺激来考验自己，把自己暴露在它潜在的危险之中。尽管摩天楼眼下不太平，可它代表了安全和保障。感受到身后窗框的热度，莱恩想起了自己公寓里的污浊空气，不冷不温，夹杂着他自己的味道。相比之下，从几百辆车的镀铬层反射出来的刺目光芒，如同半空里满眼的刀子。

他转头离开自己的车，沿着与公寓大楼平行的停车道走着。他还没做好准备这就去外面冒险，去面对在医学院的同事，去补上学生督导的工作量。没准下午他该待在家里，把下节课的笔记准备一下。

莱恩走到了人工湖边。这个景观湖呈典雅的椭圆形，长径达两百码。他踏进混凝土层，跟着自己的影子，沿湖床的缓坡走下去。几分钟以后，他站到了这座空湖的中心。微湿的混凝土仿佛一块巨型霉菌的表面，边缘全都卷翘着，光滑而平和，却又多少带着些险恶，好似深度简化某些精神病所得到的轮廓。找不到任何刚性的直线结构——这便为莱恩概括了摩天楼以外那个世界的全部风险。

再也无法继续待在原地了。莱恩转过身，疾速大步迈向湖边，爬上了堤道，在满是尘土的车辆之间向着大楼奔过去。

不到十分钟，莱恩就回到了自己的寓所。他闩好门，爬过自己设的障碍堆，在空了一半的屋子里到处走。当呼吸进污浊空气的时候，自身的体臭让他神清气爽，他几乎能从中分辨出自己的各个身体部位——脚，生殖器，还有从口腔里散发出的混杂气息。他在卧室里脱下衣服，把西装和领带扔到衣橱最底，穿回了自己肮脏的运动衫裤。现在，莱恩知道，自己绝不会再作离开摩天楼的企图了。他想着艾丽斯，想着怎样能把她带到自己的寓所里。某种意义上，这强烈的体臭就如灯塔一般，会把她吸引到他身旁。

11. 征讨

到了那天下午四点，最晚一批住户也都已经回到了摩天楼。莱恩在阳台上目视他们的小车出现在引道上，然后进入停车场转进各自的车位。司机们手拿着公文包向入口大堂走去。他们一接近大楼，所有的交谈就都戛然而止，这让莱恩如释重负。那种文明的行为莫名令他无措。

下午已经休息过了，莱恩决定让自己静下心来，为夜晚的降临养精蓄锐。他时不时翻过障碍堆，向走廊里张望，期待能看到斯蒂尔。莱恩在担心姐姐。一想到她和她那个神志不清的丈夫就在下面三层，他的不安就越来越甚。他需要一起突发暴力事件给自己提供一个去解救她的借口。倘若分隔大楼的计划得以实现，那就不大可能再见到她了。

莱恩在公寓里来回踱步，检查这简陋的防御措施的布防情况。像他这种住在上半截的住户都要比自我预计的更为弱势，多半会发现自己其实只有听凭低层住户处置的份儿。怀尔德和他的爪牙们可以轻易封锁出口，切断供电供水，再在上面的楼层放几把火。莱恩想象着第一束火苗沿着电梯井和楼梯间爬上来，想象着大楼层层垮塌，惊惶失措的住户们被迫向楼顶逃命。

他因这骇人的幻象而心神不宁，于是切断了立体声音箱的电源，把它们也加进了家具厨具垒成的障碍堆里。唱片磁带四处散落在地上，他将它们踢到一边，然后走进卧室，撬开了衣柜下方的地板。在这个手提箱大小的地洞里，他藏进了支票簿、保险单、报税单和股权证书，最后还把装了一剂剂吗啡、抗生素和强心剂的药箱也硬塞了进去。他将地板钉回原处，感到自己已经永远封存了前世最后一丝残余的痕迹，然后毫无保留地让自己身心俱备，去迎接全新的人生。

表面上，公寓楼里依然平静；但傍晚刚至就发生了首起骚乱，让莱恩大大舒了口气。下午晚些时候，他和一群邻居一直都站在候梯厅里等待着。该不至于荒唐到无事发生吧？稍晚，一位外交事务分析家带来了最新消息：低十层的住户因为争一部电梯大打出手。27层那位很有人缘的精神科医生艾德里安·塔尔博特则在回公寓的楼梯上被人用尿淋了个透。更有传言40层的一间公寓被破坏得一塌糊涂。这般挑衅行径，足可保证大家共度一个火热的夜晚了。

接二连三传来消息，许多住户回到家都发现屋内遭人翻了个遍，家具和厨房设备被毁，电器装置也都被扯掉了。说来也奇，各户的食物储备却都没人碰，就好像这些破坏都是有意显得不循常理，且无目的可言。会不会是屋主们自己造成的？他们并没意识到自己在干什么，只是为让暴力事件进一步升级？

夜笼罩了公寓楼，诸事不断。从阳台上，莱恩看到下面那八个停电楼层的窗户里有手电筒的光束来回摇曳，好似在打出信号以提示某种野蛮的血祭正在筹备中。一室黑暗里，他坐在客厅的地毯上，背靠着障碍堆的主体而感到心里踏实。他不愿开灯，个中原因他也自知荒谬：怕会有行凶者在阳台外面从半空袭击他。莱恩一边啜饮着扁酒壶里的威士忌，一边看着傍晚的电视节目。他关小了电视音量，倒也不是觉得这些纪录片和情景喜剧多无聊，而是因为它们本就对他不具备任何意义。就连和日常生活息息相关的广告，那些图像也都是从其他什么星球传送过来的。家具堆在身后，莱恩蹲在垃圾袋之间，琢磨着那些铺张的重建场景：主妇们打扫着一尘不染的厨房，往干净光滑的腋窝喷除臭剂，凡此种种所组成的元素，属于某神秘的居家宇宙。

莱恩平静下来，不再惧怕。走廊里传来刺耳的说话声。想到自己的姐姐，他欣然迎接这些暴力迹象的到来。艾丽斯一直都非常挑剔，这公寓一副破败模样，大约会让她十分反感；不过，有东西让她挑剔一番，是会对她有好处的。莱恩那一身汗，用一层污垢和体味包裹住了他，和他牙上覆盖的牙菌斑一样；可这恶臭带给他自信，让他能感觉到是在用自己躯体的产物掌控着这一地带。估计抽水马桶很快就要永远堵死了——就连这类曾令他心生恐惧的事情，现在都几乎变得诱人起来。

这种卫生标准的衰退，邻居们与莱恩无异。人人身体里都释放出一种浓烈的气味，是这摩天楼独有的标识。在公寓楼以外的那个世界，最令莱恩坐立不安的就是这种气味的缺失，即便在解剖学系的解剖室里能找到最为类似的。几天前，莱恩不自觉地在他秘书的办公桌附近转悠，想靠她再近些，试试她对这能安神的气息作何反应。姑娘一抬头生生被吓到，只见莱恩在她身旁勾留不走，像个海滨流浪汉在发情。

往上三层楼，一个掉落的酒瓶在阳台上砸了个粉碎。玻璃碎片四处喷溅，如同黑暗中划过的曳光弹。在某一户打开的窗边，电唱机的音量被调到最大。扩出来的音乐大段大段轰进了夜空。

莱恩爬过障碍堆，打开了公寓的大门。候梯厅里，他的一群邻居正在徒手推着一扇钢制防火门横过楼梯间的入口。往下五层楼，一场突击正在进行。莱恩和他的族人挤在防火门后，向漆黑的楼梯间里细细看去。他们能听见电梯传动装置运转时的回响，电梯轿厢正上下摆渡，把更多的打手送进战团。一声女子的惊呼从20层传了上来，仿佛来自行刑场。

莱恩等待斯蒂尔现身助大家一臂之力，他正打算自己去找他。不过就在这时，候梯厅和走廊里充满了跑来跑去的住户，他们在黑暗里相互磕碰着，拼命要跑回到25层上方各自的寓所。突击人员都被打退了。手电筒的光斑在墙壁上来回瞎晃得就像某种错乱的旗语。莱恩在一摊油垢上一脚踩滑，摔倒在这些来回奔走的人影中间。在他身后，一个激动的女人踩到了他的手，鞋后跟割破了他的手腕。

接下来的两个小时，在数条走廊和楼梯间里爆发了一系列游击战；战场在不同楼层间上下转移，多个路障也在重建后再度遭拆毁。午夜时分，莱恩蹲在候梯厅那扇被推倒的防火门后面，纠结是否要冒险跑去艾丽斯的公寓。这时，他看到理查德·怀尔德正站在抛了一地的钢椅之间，一只手里依旧握着他的摄像机。此人活像一只大型动物正在驻足小歇，它追随着自己映在墙壁和天花板上的巨大投影，仿佛正要跳到那些影子的背上，似骑着一队野兽般沿大楼的烟道驰骋而上。

冲突像一场风暴一样平息渐去，卷往较低的楼层。莱恩和他的邻居们都聚到了艾德里安·塔尔博特的屋里。众人席地而坐，身边是损毁的桌子和被划破椅垫的安乐椅。大家手里互相传递着威士忌和伏特加，脚边的手电筒围成了一个圈，光线照得酒瓶一闪一闪。

精神科医生一条胳膊打着吊带，在惨遭肆虐的公寓里走来走去，努力要把碎裂的相框再挂上墙，好遮掉那些用超市涂料区最流行的颜色喷上去的大幅标语。相较于对他寓所的大肆破坏，这些反同性恋的脏话里针对个人的敌意则更让塔尔博特目瞪口呆，莱恩却不禁觉得它们相当刺激。那些骇人的讽刺画在手电筒的映照下微微泛着光，活像史前穴居人画下的男性生殖崇拜。

“好歹他们没有招惹你，”塔尔博特蹲在莱恩旁边说道，“很明显我是被挑出来当替罪羊了。这幢楼肯定是发泄怨气的动力场——每个人都在宣泄自婴儿期积蓄到极致的攻击行径。”

“他们会把自己消耗掉的。”

“也许吧。今天下午我被人当头浇了一整桶尿。再这样，我就要亲手拿起棍棒了。还幻想什么要携手迈向幸福的原始境界——这是错误的。这里的范本与其说是所谓‘高尚野蛮人’[1]，不如说是后弗洛伊德时代并非无罪的‘自我’——因为太过宽容的幼儿排便训练、专注热忱的母乳喂养和父母的溺爱，这些人怒火中烧了——混合出的这种个体，可明显比我们维多利亚时代的先祖们不得不对付的任何东西都要凶险得多。我们的这些邻居无一例外都拥有过快乐的童年，却还是如此地愤懑。或许他们怨恨的是从没有机会堕落……”

1　高尚野蛮人（noble savage），在西方文学里经常出现，指未曾被文明腐蚀的理想化原始人类。

众人一边处理着各自身上的瘀伤，一边传递着酒瓶不停喝酒，好让勇气渐生。莱恩听大家讨论着怎么反攻怎么复仇，斯蒂尔则依旧不见踪影。不知何故，莱恩觉得斯蒂尔应该在场才对。对他们来说，他是一个远比克罗斯兰更重要的明日领袖。尽管负了伤，莱恩依然异常振奋且自信，渴望再回去干架。黑暗令人宽心，其自身便具有一种安全感，是他们在这大厦里生活的天然介质。他现在已经学会了如何在伸手不见五指的走廊里到处走动，每次起脚决不超过三步；也学会了如何在暗处停步试探；甚至在自己屋里从这头走到那头，正确的做法也该是始终尽可能贴地——这些技能，让他感到自豪。而让他几近憎恨的则是下一个清晨所带来的光明。

摩天楼里，宝丽来相机那金属般的闪光才是真正的光明，间歇出现的辐射便是对所期待的暴力一刻予以记录，以图日后满足类似窥阴癖一般的快感。响应着这新的光源，会有哪些堕落的电气植物物种从这满是废浊的走廊地毯里勃发出生机来？地板上随处都是黑色的底片，仿佛是从这内部世界的那颗太阳上脱落的点点碎屑。

酒精和亢奋让莱恩昏昏然。他手忙脚乱地跟着邻居们站起身来，大家像一群喝醉酒的学生一样出了门，互相打闹着好让士气不跌。等到众人摸黑走下三层楼，莱恩都找不着方向了。他们已经踏入一个由22层的几间无主公寓形成的内部飞地。一群人在空荡荡的屋内瞎转，将几台电视机照脸踹烂了屏幕，还打碎了厨房里的餐具。

莱恩想在去救姐姐之前清空一下自己的脑袋，于是探出阳台护栏一阵呕。一丝丝亮晶晶的黏痰落了下去，糊在了大厦外墙面上。黑暗中，他靠在那儿，听着邻居们顺着走廊走远。等他们走干净，他就可以去找艾丽斯了。

身后的电灯亮了。莱恩一惊，一退身直贴护栏，等着有谁来袭击他。过了片刻，灯光开始不停打起闪来，像一颗正在纤颤的心脏。莱恩低头看去，只见自己身上衣衫污秽，双手还沾了呕吐物。置身在这样一间被洗劫过的客厅里，周遭微亮，一地杂乱残骸，他好似在战场上刚刚醒转。

卧室里，一面破镜子躺在床上，一块块碎碴一闪一闪，恍如另一个世界的残片，想要让自己恢复原样却是徒劳。

“进来啊，莱恩……”矫形牙医一丝不苟的声音很熟悉，“这儿有好玩的东西。”

斯蒂尔在房间里兜圈子，手里握着一支剑杖，时不时戏谑地向地板佯刺两招，好像在排演某部闹剧里的一场戏。他向莱恩招手，引他走进时明时暗的灯光里。

莱恩小心翼翼地向门边靠过去。他很高兴终于见到斯蒂尔了，但也很清楚，不管他会怎样心血来潮，自己现在都是无处可避的。他以为斯蒂尔会不会是设套困住了屋主或是哪个借此栖身的游民。但是眼下，房间里并没有其他什么人。顺着剑锋，在梳妆台的木腿之间，他看到了一只被斯蒂尔逼进去的小猫咪。斯蒂尔猛地向前冲，将之前从窗户上拽下来的提花窗帘拿在手里一阵旋，把那只吓坏了的小家伙飞快地卷进了浴室。

“等着，医生！”牙医的声音里灌注着某种异常冰冷的欢欣，像是一台性爱机器人在说话，“先别走啊……”

光线不停摇曳，带着暴行纪录片里那种残酷的超现实感。莱恩眼见着斯蒂尔用窗帘耍那只猫，对自己的反应颇为不解。而从某些邪恶的逻辑来看，有这么一位大惊小怪又目不转睛的目击者在场，牙医从折磨这动物所得到的快感也翻了一倍。莱恩站在浴室门口，不由得希望灯可别再暗掉。他眼睁睁看着，直看到斯蒂尔一脸冷静地把猫蒙上窗帘让它窒息而死，就如同在一张医院的毛毯下方实施一场复杂的心肺复苏。

终于，莱恩令自己抽身，默默无声地离开。在幽暗的走廊里，他小心地移步。每间公寓都被洗劫一空，有光从门洞里透出来，翻倒在地的灯具和电视屏幕在苟延残喘。周遭什么地方隐约传来音乐声，是一台无主的电唱机又转了起来。在一间空卧室里，一台电影放映机正把最后一段色情片投影到正对着床的墙壁上。

抵达艾丽斯的公寓时，莱恩却踌躇了。他还打不定主意该怎么解释自己的到来。可一等到他姐姐打开房门招呼他进去，他立时就明白她早就对此心里有数。两只手提箱已经收拾停当，摆在客厅里了。艾丽斯最后一次向自己的卧室房门走过去。昏黄的，明灭不定的灯光下，弗罗比歇先生正瘫在床上昏睡，身旁搁着半箱威士忌。

艾丽斯挽住莱恩的胳膊，“你来迟了，”她语带责备，“我已经等了好几个小时。”走的时候，她全无意图回头再看丈夫一眼。莱恩记得多年前，自己和艾丽斯也有一次是这么从家里的客厅溜出去的，当时，他们的母亲因酗酒自残而昏倒在了地板上。

当某宗小冲突的喧闹声在楼梯间里回响着传上来的时候，这两人正前往25层那个黑暗的安全港。现在，十五个楼层，包括莱恩那层，从此都不会再有灯亮。

好似一场风暴不甘心就此完结而每每要给自己作一次回顾，这楼里的暴行也整整一夜都没曾停歇。莱恩和姐姐同躺在他卧室的床垫上，一夜未眠。

12. 向峰顶进发

四天以后。下午两点钟刚过不久，理查德·怀尔德就从电视台回来，开车进了摩天楼旁边的停车场。他放慢了速度，充分享受这到达的一刻，舒坦地向后靠坐在驾驶座上，仰望公寓楼的外墙，眼里带着几分自得。在他四周，一长列一长列停放着的车辆上都覆盖着一层愈积愈厚的污物，更不乏混凝土粉尘，它们从医疗中心后方在建的交叉路口横扫过开发区空旷的广场，一路洋洋洒洒地吹了过来。现在，从停车场里离开的车很少，几乎没什么空车位，怀尔德却还是沿着通道来来回回地开，每一行开到底，停下，又倒回起点。

下巴已经胡子拉碴了，怀尔德摸着上面新结的痂皮，这是昨晚一场走廊激战留下的纪念。他故意把创口重新抠开，满意地瞥了一眼指尖的那一滴血。之前，他从电视台一路飞驰，冲着挡路的其他司机又是喊叫又是鸣喇叭，在单行道上横冲直撞，就好像要摆脱某个叫人生气的梦境。而此刻，他感到平静而放松。像往常一样，第一眼看到那一排五幢的建筑，他就顿觉安慰，这里带给他的是工作室所缺乏的那种真切实在的背景。

怀尔德继续着对停车场的巡逻，相信自己一定能找到一个空车位。最起先，他和那些低楼层的邻居一道，把车停放在停车场最靠边界的地方；不过，在过去的几个礼拜，他已经停放得离大厦近了不少。一开始，这只是无伤大雅的虚荣心作祟，是他揶揄自己的玩笑；但很快演变成了一个更加严肃的任务，一个衡量他成败的可见指标。在经历了数周攀登之后，他觉得自己已经有资格把车停放到预留给新邻居的车位上去了。终究，他会企及第一排。等到他登顶40层迎来胜利的那一刻，离大厦最近的那一列天价废铁之间就会泊上他的车。

在前一夜，有几个小时怀尔德已经爬到了20层；甚至一度，有那么几分钟，在一场意外的小冲突中，到达了25层。临近破晓时，他不得不从前沿阵地收兵退回到眼下的大本营，位于17层的一间公寓。屋主是电视台一位名叫希尔曼的舞台监督，算是怀尔德的前酒友。他不情愿地收了这只杜鹃来占自己的巢。所谓占领一个楼层，就怀尔德严格意义上的理解，不仅仅意味着随便占下一间无主的公寓。摩天楼上下可有几十间这样的公寓。怀尔德将自己的登顶赋予了一个更为艰难的定义：他必须被新邻居接受成为他们的一员，他要通过武力之外的其他方式而成为这些公寓的租赁持有者。总之，他一口咬定他们需要他就对了——每每想及此，他都会付之以嗤笑。

到达20层，则是因为楼里为数众多的怪胎之一搅了他的登顶进度。打了一整夜游击战，怀尔德还帮忙堵上了20层一间公寓的破门。屋主是两位女证券分析师。怀尔德从破门板中间把头伸进来的时候，她俩差点就用香槟酒瓶砸爆他脑袋；不过之后，她们欣然接受了他心平气和提出的帮忙意愿——在这种危急时刻，他总是刻意表现出冷静。实际上，略年长也略活泼的那位三十来岁的金发女郎还夸了怀尔德，说他是她在摩天楼里见过的最理智的男人。于怀尔德而言，他倒是很乐意扮演这么个居家角色，而不是什么平民领袖，什么候梯厅路障上的拿破仑·波拿巴，统领了一队由杂志编辑和金融高管组成的有欠操练的民兵，向布防的楼梯间发起猛攻或是拿下对手的电梯。别的不说，他在这大楼里爬到的位置越高，那里住户的身体状况也就越糟——耗掉几个小时蹬健身脚踏车，也不过让他们有能力蹬几个小时的健身脚踏车。

在给两位女士帮了忙之后，一直到天亮以前，他都在喝她们的酒，引她们自己提出建议来邀他同住。像往常一样，他拿着摄像机摆出很郑重的样子比划着，然后说自己在拍一部大厦的电视纪录片，邀她们出镜。不过她俩并没被这个建议格外打动。纵然那些低楼层的住户都很渴望能参与这部纪录片以发泄他们的不满，高楼层的住户却都已经上过电视了，很多人还上过不止一次，多是以专家身份现身各种时事节目。两女之一很坚定地告诉他：“怀尔德，电视是让你来看的，不是让你来现的。”

天亮后不久，某女子突击队的成员现了身。她们的丈夫或伴侣要么搬去了别的楼层和朋友一起住，要么完全从她们的生命中消失了。当怀尔德提请她们的领袖在纪录片中担任重要角色时，那位上了年纪的儿童作家狠狠盯着他。怀尔德会意，即刻哈腰告退，退回到他先前的安全基地，17层希尔曼家。

正当怀尔德下决心找到一个与自己的新地位相符的车位而在停车场兜圈子的时候，就在三十英尺开外，一只瓶子在一辆车的车上面炸开，化作一场尖碎的大暴雨消散了。瓶子是从高处掉下来的，可以想见是40层。怀尔德将车速降到几乎静止，让自己变成活靶子。他多少期待着看到安东尼·罗亚尔身着白色夹克的身影，以他惯有的某种救世主姿态站在楼顶套间的护栏边，身后紧跟着白色德牧。

在过去几天，他已经几次瞥到这位建筑师正高高站在楼梯顶端，之后又消失在他占用的电梯里，去了他顶层的堡垒。毫无疑问，他正在将自己故意暴露给怀尔德，引诱他往高处走。有时，简直诡谲——罗亚尔看来一清二楚，在怀尔德内心深处有这样一幅徘徊不去的画面：从育婴室那高高的窗口，总能隐约望见自己生父那含混的模样。罗亚尔已经开始扮演这个角色了吗？他知道怀尔德对父亲的困惑会让他偏离登顶的初衷？怀尔德在方向盘上轻敲着自己壮硕的拳头。每一夜，他都更接近罗亚尔，距离他们的终极对决又更近了几步。

碎玻璃在他的轮胎下噼啪作响，好似在拉开胎面的花纹。在怀尔德的正前方，预留给顶层住户的第一排车位当中有一个是空的，原先停放的是已过世的珠宝商的车。怀尔德没半秒犹豫，打转方向盘就把车开了进去。

“早该如此……”

他豪迈地往后一靠，惬意地看向两侧垃圾遍地。这个车位的出现可是一个好兆头。他慢悠悠下了车，示威一般猛甩上了车门。大步迈向大厦入口的时候，他觉得自己就像一个阔绰的地主，刚给自己买下了一整座山。

在入口大堂，一群衣衫褴褛的1层住户看着怀尔德大步走过电梯，向楼梯走去。他在这大厦里的活动，还有他不断更替的效忠对象都很让他们生疑。白天，怀尔德会花几个小时在2层公寓陪海伦母子，他想让越来越畏缩的妻子振作起来。迟早，他会永远地离开她。在他重启摩天楼登顶征程的这几夜，她会变得略微活跃，甚至能跟他聊起他在电视台的工作，提到数年前他做过的一些节目。就在前一晚，他正做着临行的准备，就在他安顿儿子、检查门锁的时候，海伦忽地抱住了他，仿佛是要他留下来。她瘦削的脸上，面部肌肉纠结地颤动，好似锁心的弹子在努力对齐。

公寓和走廊之间尽是垃圾袋和破家具堆成的路障，怀尔德好不容易才进到公寓，之后便惊讶不已。他发现海伦处在一种高度亢奋的状态。她正和一群太太庆贺一次小小的胜利。这些疲惫的妇女和桀骜的小孩——摩天楼的内战已让他们变得跟他们的双亲一样好斗——共同组成了一幅颇具意味的住客群像。

住在7层的两位曾在小学当过老师的年轻姑娘自告奋勇要重新开班。在她俩和房门之间，站着三位父亲——一位电脑分时系统推销员，一位调音师和一位旅行社导游。两位姑娘惴惴不安地看了这三个治安员几眼，怀尔德猜想她们大约是被不那么有礼貌地绑架来的。

当他在用最后的一点罐头食品准备晚餐的时候，海伦坐在厨房的桌子旁，白皙的双手动来动去就如同一对在笼子里乱扑的鸟儿。

"真是不敢相信——我可以有一两个小时不用带儿子了。"

"课在哪里上？"

"就在这儿——明后两个早上。最起码这是我能做的。"

"可你还是完全不会离开孩子们身边啊。好吧，有总比没有强。”

她会把孩子也抛下吗？怀尔德问自己。她一门心思想的也就是这个。在陪儿子玩的时候，他很认真地考虑自己一路往高走的时候要不要把他们也带上。海伦一脸慌张地拼命收拾屋子。某次突袭中，客厅已遭了洗劫。在海伦和儿子栖身邻居家期间，这边的绝大多数家具已遭损毁，厨房也被人踹得满眼残破。海伦从餐厅搬来坏掉的椅子，在怀尔德那张已经断了桌背的办公桌前排成排。椅子东倒西歪靠在一起，倒像是给小朋友们的教室来了个吓人的翻版。

怀尔德没想帮她，在一边看着她用纤弱的胳膊拖动那些家具。有时候，他甚至怀疑她是在刻意地把自己消耗干净，手腕和膝盖上的那些瘀青擦伤也都是她精心设计的一连串自残的一部分，以图赢回自己的丈夫——每一天回家，他都有几分期待看到她断了腿坐在轮椅里，剃光的头上用绷带固定着钻孔器，准备用上走投无路的最后一招：前脑叶白质切除术[1]。

他为什么还一直回到她身边？怀尔德现下的目标之一，便是离开海伦，战胜每天下午想要回公寓的念头，无论那里面还保留着怎样陈旧的与童年相维系的痕迹。离开海伦，他就可以逃离那一整套他自青春期就一直努力要摆脱的孩子气的束缚。

1　二战前后风行的神经外科手术，多自颅骨或眼眶钻入大脑，一度号称可医治精神病，术后痴呆风险极高。

就连他的风流成性，也算是这种努力的一部分，以求把自己从过往中解脱出来；对这种企图，海伦视而不见，让它成了泡影。不过至少，他的那些风流债已为他备好了攀爬摩天楼的落脚地，那些名副其实的筹码，足能让他越过他所熟识的一众横陈娇躯，送他直上天顶。

而现在，他发现自己已经很难再愿意同妻子的境况，同她的那些邻居，以及他们那种狭隘失败的生活有所牵连。眼下已经很清楚了：低楼层必败无疑。就连他们对子女教育的坚持，也不过是所有被剥削群体在沦陷投降前的回光返照，标志着他们反抗的终结。现在，连海伦也得到了29层那个女性团体的帮助。在午间休战时段，那位儿童作家和她的宠奴们会在楼里四处走动，将援手施与这些被抛弃的或是孤立无援的太太，这一透着邪气的慈善组织的诸位教友。

怀尔德走进儿子们的房间。看到怀尔德，他俩很开心，手拿他们的塑料手枪把空碗敲得梆梆响，各自一身小小的空降兵迷彩服，戴着锡头盔——可是鉴于在摩天楼里发生的这些事，怀尔德心想：这装备不对。正确的战斗装备，该是股票经纪人的细条纹西装、公文包和小礼帽。

孩子们饿了。他喊了喊海伦，之后自己也回到了厨房。海伦瘫坐在电炉前，炉门开着。怀尔德突发奇想，她这是想把自己小小的身体也藏进烤箱里去么——也许把自己做成食物，是她能为这个家庭做出的最后的献祭。

“海伦……”他弯下腰，惊异地发现她的身体那么细瘦，仿佛苍白的皮肤下面就是一把树枝搭着，“老天爷，你就像……”

“没什么的……过一会儿我会去吃点东西。”她从他身边挣脱开，想都没想开始抠烤箱板上烧焦的脂肪。怀尔德低头看到她在自己脚边缩成一团，意识到她已经饿到一时晕过去了。

怀尔德让她靠着电炉缓一缓，扫了一眼食品柜里的空架子。“在这儿待着——我上超市给你弄些东西吃。”他在生她的气，厉声问，“为什么不告诉我你在让自己挨饿？”

“理查德，我已经说过一百遍了。”

她坐在地板上，抬头看着他在她手袋里翻钱。最近他觉得这东西越来越没用。他甚至懒得把他新领的工资从支票打进账户。怀尔德抓起自己的摄像机，确定镜头盖还在该在的地方。他回头看了海伦一眼，发现她小脸上的那双眼睛凌厉得出奇，几乎像是觉得自己的丈夫很好笑，因为他是这么依赖这精致玩物的虚构之能。

怀尔德锁上身后的公寓门，动身去找食物和水。在下午短暂的平静期里，有一条去10层超市的通道还能允许大厦低处的居民通行。大部分楼梯通道已经被永久性的路障彻底封上了——客厅家具、餐桌、洗衣机一件件从台阶直堆到了天花板。20部电梯里，至少12部已坏。剩下的几部间歇动起来，随时听候某些优等氏族的调遣。

候梯厅里，怀尔德小心地沿着空着的电梯井朝上看。有人用金属护栏和水管在井道里纵横搭架起来，好似一面面停车指示牌一般横插在竖井当中，禁止电梯轿厢上下运行的同时，也近乎搭成了一个专属的楼梯井。

墙上满是标语和脏话，还有清单列出了要被打砸抢的公寓，就像一份疯狂的通讯录。在楼梯门边，有一张行文冷静的军事风告示，指向一个可在午后供使用的安全楼梯，并标明了其强制禁用时间：下午三点。

怀尔德举起摄像机，从取景框里盯住那条告示。这一镜，会给摩天楼纪录片一个醒目的开场片头。他依然清楚，直观记录下楼里发生的事情是有必要的，但他的决心已然开始动摇。大厦的溃落令他想起一部慢镜头新闻短片，讲的是安第斯山脉里的一座小镇被卷下山坡而致灭顶；花园崩毁而居民还在其间晾晒衣物，厨房四壁化作齑粉而居民还在里面做饭。

摩天楼里已有二十个楼层一入夜就一片漆黑，有超过百间公寓被业主遗弃。曾经一度为住户们带来一定安全感的氏族制度，现在也已大幅崩解，各个族群不觉间陷入了漠然或是草木皆兵。各处各人都在退回到各自的公寓，甚至退进单个房间，然后把自己关在里面。怀尔德在第5层停了下来。周围一个人都没有，这令他讶异。他在候梯厅的门边等待着，留意任何可疑的响动。暗处，现出了一个高高的身影——一位中年社会学家手拿一只垃圾桶，像个鬼魂一样顺着撒满垃圾的走廊飘远了。

就大厦的报废状况来看——基本不通水，空调通风口堵满了垃圾和粪便，楼梯扶手上的护栏都被拽了下来——在白天里，住户们的举止还是大多保持克制的。怀尔德走到7层的楼梯口时停了下来，开始冲着台阶小便。看到自己双脚之间流淌着尿液，他多少有点愕然。不过，这种行径已经算是粗野之辈的一种最温和的表达。在那一晚的斗殴和游击战期间，他意识到：随处撒尿，在无主的公寓排便，不论这种行为是否会对自己和家人的卫生有影响，都能让他得到一种别样又毫无愧疚的快感。前一晚，当一位女士抗议他在她浴室地板上方便时，他将这位吓坏了的女士好一顿推搡，享受极了。

尽管如此，怀尔德欢迎黑夜，也懂黑夜——只有在黑暗中，人才会变得足够偏执，才能从容利用自身被压抑的本能。自己人格里那些离经叛道的特质得以被这样强制征召而出，他欣然接受。幸运的是，他走得越高，这样自在又堕落的行径就来得越容易，就好像从这摩天楼的秘密逻辑里得到了什么唆使。

10层的中央大厅里空无一人。楼梯间的门被人敲碎了玻璃。怀尔德开门出去，往购物中心走。银行、美发沙龙和酒廊都已关门。3层摄影师的太太是超市的最后一名收银员，此刻正坚忍地坐在结算柜台旁边，似一位在劫难逃的不列颠女神镇守着一片垃圾海。怀尔德在空货架周围闲逛。冷冻柜底部，一包包腐坏的食品正漂浮在泛着油花的水里。超市的中心位置，堆成山的狗饼干倒了下来，一盒一盒满过道都是。

怀尔德拿了三盒放进提篮，又装了六听猫粮。在他闯去别家搜刮到存粮之前，这些应该能让海伦和儿子撑上一阵。

“这里除了宠物食品什么都没了，”他在结算柜台问收银员，“你们没再进货吗？”

“没有需求啊。”她心不在焉地抚玩前额上一个绽开的伤口说，“肯定每个人都是几个月前就储备好了。”

不是这样的。怀尔德边想边走向候梯厅，留她一个人继续待在空荡荡的中央大厅里。他闯进过好些公寓，知道得一清二楚：没有任何人储备了任何物资，好像他们根本就不再去操心第二天还需要些什么。

视线越过美发沙龙门外翻倒了一地的吹风机，可以看到50英尺开外的电梯楼层指示灯正在从右亮到左。一天中的这最后一趟公用电梯正在把自己绞上楼，之后会有望风的人看心情将它停在25层到30层之间的某个地方。这也标志着当天的午间休战结束，又一个夜晚开始了。

怀尔德想都没想就加快了脚步。走到门边时，电梯正好停在9层卸下一位乘客。就在它要继续往上走的最后一刻，怀尔德按下了按钮。

在电梯门开启之前的几秒，他意识到自己已经做了决定，要永远抛下海伦和他的儿子们了。摆在他面前的方向只有一个：向上。如同一个离顶峰只余百尺的登山者，他别无选择，只能向上。

电梯门打开。约莫15位乘客面朝着他定定站在一起，好像一群塑料模特。各人脚下微微一错，给怀尔德腾出了一个空位。

怀尔德迟疑了，他在压制自己想要转身跑下楼梯回公寓的冲动。乘客们全体直勾勾盯着他，警惕着他的犹豫不决，怀疑其中掩藏了某种诡计。

门即将合上的时候，怀尔德踏了进去。他把摄像机举起到身前，又一次开启了自己在这幢摩天楼里的征程。

13. 躯体的记号

耽搁了二十分钟，简直像堵在地方边检站一样叫人恼火。终于，电梯从16层上到了17层。怀尔德让漫长的等待耗得筋疲力尽，踏出门就想在候梯厅里找地方丢掉那几盒宠物食品。下班回家的会计师们和电视台高管们肩挨着肩挤在一起，紧抓着各自的公文包，回避着彼此的目光，转而看向电梯墙上的涂鸦。头上就是长长延伸的电梯井，金属顶盖已经被掀了，众人的头顶被彻底暴露给了任何一个有现成投掷物的人。

和怀尔德一同走出来的另外三位乘客各自消失在走廊两旁的诸多路障之间。走到希尔曼家的时候，怀尔德发现大门被牢牢闩上了。门里没有动静。怀尔德没能把门锁撬开。想来，希尔曼夫妇也弃了公寓，去朋友家寻求庇护了。这时，门厅传来了细碎的刮擦声。他把耳朵贴在门板上，听见希尔曼太太正一边把一件重物拖过地板，一边用尖细的声音自责。

敲门和谈判持续了相当漫长的时间，怀尔德甚至不得不也用上了她那种腔调，又哄又骗的，才得以准许入室。过道上尽是家具、各种厨房设备、书籍、衣服和桌面摆设，垒成了一个巨大的障碍堆，一个微缩的城市垃圾场。

希尔曼躺在卧室里的一张床垫上。他的头部用撕开的晚礼服衬衫包扎着，血从布料渗出来浸湿了枕头。怀尔德进门的时候他抬了抬头，伸手摸索着身边地板上的一段阳台栏杆。唐突又不合群的做派，令希尔曼很自然就被人挑出来当作打击对象，成了替罪羊里的头一号。在对上面一层的一场突击当中，他曾试图在布防的楼梯间里开路上楼，结果被人拿电视奖得主的一只奖杯给敲了脑袋。是怀尔德把他背回公寓，看护了他一整晚。

丈夫已然不顶用了，希尔曼太太全然依赖怀尔德，这种依赖令他很有几分受用。怀尔德不在的时候，她无时无刻不在担心他，就好像一位过度焦虑的母亲气恼自己孩子的任性，只不过他一来，她也就忘了他的本来面目。

怀尔德低头看希尔曼的时候，她扯了扯他的衣袖。相较于她的丈夫，以及丈夫那不祥的视觉障碍而言，她更关心她的障碍堆。基本上，公寓里能移能动的每一样东西，不管个头多小，都被她加进障碍堆里去了；有几回，险些把他们也给活埋在里面。每晚，在黎明降临前的数小时，怀尔德都会在障碍堆半露出来的一张扶手椅上睡觉。他听得到她在周围不知疲倦地跑来跑去，把在什么地方找出来的小家具，或是三本书，一张黑胶唱片，还有她的首饰盒也都一样样地加进去。有一回怀尔德醒来，发现自己的一部分左腿也给埋进了障碍堆；至于花半小时挖路出门，那已经是家常便饭了。

“什么事？”怀尔德没好气地问，“你拉我胳膊干吗？”希尔曼太太正盯着那一袋狗粮。屋里已经没有任何橱柜桌台，他没地方可放了。而基于某些原因，他不想看到狗粮也被埋进障碍堆。

“我专门为你把屋子打扫了，”她很带着几分骄傲，“其实你也想让我扫的，对不对？”

“那当然……”怀尔德摆出一副大老爷派头，环顾着公寓。其实他根本没看出有什么变化，如果有的话，他更喜欢屋子变脏一些。

“这是什么？”她兴奋地拨着狗粮盒子，调皮地戳着他的肋骨，就好像逮住了偷偷为她准备礼物的小儿子。“是给我的惊喜吧！”

“别打它的主意。”怀尔德粗暴地把她挡开，几乎让她跌倒在地。他多少有几分享受这种荒诞的套路。这触到了他和海伦之间从未有过的亲密感觉。他发现在大厦里走得越高，玩这种戏码的顾忌就越少。

希尔曼太太从购物袋里抢出了一包狗饼干，小小的身躯敏捷得叫人吃惊。她正盯着商标上明显超重的巴吉度猎犬看。希尔曼夫妇俩都细瘦得堪比稻草人了。怀尔德慷慨地递给她一听猫罐头。

“把饼干泡到杜松子酒里——我清楚你在什么地方藏了一瓶。这东西对你们两个都有好处。”

“咱们养条狗吧！”看到怀尔德对这个建议很光火，她逗弄地故意侧身贴上去，两只手在他厚实的胸膛上按，“养条狗吧？好不好嘛小迪[1]……”

怀尔德想离她远一点，可她那淫靡、诱哄的语气，和她指尖施加在他乳头上的力道，都令他动摇。这意料之外的性技巧，唤醒了他性格里隐藏的某种特质。希尔曼先生头上缠着的礼服衬衫看起来颇像一顶血迹斑斑的穆斯林头巾。他漠然地看着这两人，脸上褪尽了颜色。怀尔德想：鉴于他的视觉障碍，这空荡荡的公寓在他眼里应该满是自己和他老婆拥抱的重影。他假装引诱她，出于好奇，双手在她的臀部抚摸着——还真是苹果一般大——他就想看看那个受伤的男人会作何反应。不过，希尔曼对此彻底无动于衷。看到希尔曼太太的坦然回应，怀尔德停下了对她的抚摸。他想把两人的关系发展到其他层面上去。

1 小迪（Dicky）也是理查德（Richard）的昵称，较迪克（Dick）更为亲昵。

“小迪，我知道你为什么要来解救我……”希尔曼太太跟着他绕过障碍堆，手依然没松开怀尔德的胳膊，“你会不会惩治他们？”

这又是两人的另外一出戏码了。她假想出的“解救”主要是为了让“他们”——摩天楼第17层以下的所有住户——全都低声下气，在她的房门口浩浩荡荡跪成一长列。

“我会惩治他们的，”怀尔德向她保证，“好不好？”

两人倚着障碍堆，希尔曼太太把下巴尖尖的脸靠着他的胸口。怀尔德断言：再不会有比他俩更不搭调的人被选来扮母子了。展望复仇的前景，希尔曼太太一边迫切地点着头，一边把手伸进障碍堆里，使劲往外扯一根黑色的金属管。待它亮出真身，怀尔德认出这是一杆霰弹枪。

怀尔德诧异地从她手里接过了武器。她鼓励地微微笑着，好像在期待怀尔德即刻就去走廊里打死个什么人。他打开后膛，击锤下方是两颗实弹。

怀尔德把枪移到希尔曼太太够不到的地方。他清楚：摩天楼里有数以百计的类似的武器——运动步枪、兵役纪念枪、提包小手枪，这支不过是其中之一。但是哪怕暴力如此猖獗，也没有人开过哪怕一枪。怀尔德太清楚这是为什么了。就算到了生死一线，他自己也绝不会用上这霰弹枪来开火。摩天楼居民之间有个心照不宣的共识：一切对抗诉诸肉搏。

他把枪塞回障碍堆，当胸推了一把希尔曼太太："一边儿去，自己救自己吧。"

她不答应了。他半玩笑半认真地开始把狗饼干往她身上丢，让它们散落在光秃秃的地板上。怀尔德喜欢欺负她。他当着她卧床不起的丈夫的面嘲弄她，不肯把吃的给她，直到她撑不住了逃回厨房。夜晚愉快地推进着。当黑暗渐渐笼罩摩天楼，怀尔德也变得越来越无礼，他刻意让自己粗俗得好像一个不良少年，在玩弄为他神魂颠倒的女校长。

怀尔德在17层希尔曼的寓所一直待到了凌晨两点，其间外面断续有暴行发生。事件的数量显著下降，这令怀尔德感到忐忑。——他以一名骁勇的街头霸王的自我定位来向这个那个交战团伙引荐自己，以此在大厦里向上走。但是，到了上周，部族之间的公开冲突已经明显绝迹。随着氏族结构的崩解，过去常见的边界线和停战带也已经消失不见，取而代之的是一连串的小飞地，由三四间分散的公寓组成的小群体。这将会更难加以渗透和利用。

黑暗中，他和希尔曼太太各自背靠着墙，面对面坐在客厅地板上，细听着周遭渐趋平复的噪声。如今的摩天楼居民，就好似在没有光亮的动物园里的一群生物，一同蛰伏在阴郁的沉寂中，时不时暴起，急促又暴戾地彼此撕咬一番。

希尔曼的几位近邻——保险经纪人夫妇，还有两位业务经理和一位药理学家，都是成日没精神也无组织。怀尔德曾经拜访过他们几次，不过他发现用“自我利益”作为诱饵，已经不能让他们打起精神来了。实际上，只剩下用最明明白白的方式表达那些非理性的敌意，才能刺激到他们混沌的大脑。怀尔德那些真假参半的怒火，那些复仇的幻想，短暂地把他们从麻木状态里唤醒了过来。

摩天楼上下，随处都在发生着以更为激进、更有野心的领导者为核心的结构重组。午夜过后的几小时里，走廊和候梯厅的路障后面闪着手电光，五六名飞地成员各自蹲在垃圾袋之间，彼此鼓劲，如同婚礼上的宾客相互劝着酒，明知再喝下去很快就会在糖果堆里上演自由交媾。

凌晨两点，怀尔德离开了希尔曼的寓所，着手去煽动他的各位邻居。那些人正蹲在一起，手里有棍子有长矛，盛着威士忌的一只只扁酒瓶在他们脚边摆成一堆。周围高高堆起的垃圾袋被手电光照亮，那是他们的弃物残渣博物馆，颇引人侧目。怀尔德坐在这群人中间，阐述了自己要去上面的楼层再次觅食的冒险计划。即便这些邻居已有好些天都没怎么吃东西，也还是不愿意参与，他们惧怕上面的实力。怀尔德则巧妙地利用了他们的想象力。寻找假想中的替罪羊时，他又一次挑上了精神科医生艾德里安·塔尔博特，这一回的指控是此人在泳池更衣间猥亵幼童。罪行之不实，这些人心知肚明，却反而更加坐实了罪名。不过，在行动之前，他们坚持要求怀尔德再编出一个更骇人的罪名——就好像塔尔博特的性犯罪之所以有吸引力，其精髓就在于它们纯属捏造。凭借这摩天楼里的逻辑，最是清白的无罪之人，反成了罪大恶极。

天快亮的时候，怀尔德来到了26层的一间空公寓里。此处原来住着一个女人和她年幼的儿子，他们才刚将公寓弃置不久，也没打算在门外挂上锁。怀尔德晚上撒野累了，没费时间就砸开了门。他避开了他的突击小队，任由他们第九第十趟地去拆塔尔博特的家。在这最后几分钟的黑暗里，他要找间空公寓把自己安顿好，睡觉以度漫长的白昼，好在黄昏时分重新踏上登顶摩天楼的征程。

怀尔德在三个房间里到处走，以确定厨房或浴室里没人躲着。他在黑暗里逛荡，踹开一扇扇橱柜门，把所有的书籍和摆设都碰到了地上。屋主在离开前曾经半心半意地收拾过公寓，还把孩子的玩具都打包放进了卧室的衣柜。见到新近清扫过的地板和收拢齐整的窗帘，怀尔德心烦意乱。他把抽屉都拉出来扔在地板上，从床上把床垫推下去，还去浴盆里撒了一泡尿。他魁梧的身影，和从敞开的裤子里露出的沉甸甸的性器，都在从卧室的镜子里瞪着他。他想把镜子也砸了。但是看到自己的阴茎，他平静了下来。它就像一根白白的棍子挂在黑暗中。他想着该怎么给它打扮一下，没准可以用发带扎上个花蝴蝶结。

现在，只有怀尔德自己了。他对自己目前的进度相当自信。登顶摩天楼的征程已然过半，这喜悦直让他忘了饥饿。从窗子望出去，几乎看不见地面，那是已经被他抛在身后的那个世界的一部分。而在他头上面的某个地方，安东尼·罗亚尔或许正在和白色德牧高视阔步，浑然不知自己很快就会吃上一惊。

黄昏时，屋主跌跌撞撞地现身在了厨房。怀尔德正在那里休息。他现在很放松，正舒舒服服坐在地板上，背靠着炉子，身边散放着没吃完的餐食。他找到了几听食品罐头，还有两瓶红酒——都藏在卧室衣柜的地板底下，这种千篇一律的地方。他一边开那些罐头，一边播放着一台从小孩玩具里翻出来的电池供电的录音机。他录下了自己的咕哝声和打嗝声放给自己听，还把一组打嗝声剪辑叠上了第二组、第三组。用磁带还能玩出这样的花样，他自己都乐了。完成这样的精细活儿，可全靠他的十根手指，虽然上面满是伤，指甲又裂又黑。

红葡萄酒下肚，怀尔德昏昏欲睡。他把酒浆抹在宽阔的胸膛上，抬起头亲切地看向一脸惊吓的屋主——刚刚这女人一头撞进了厨房，让他的双腿绊倒了。

正当她低头看向他，一只手神经质地伸向了她的脖颈——

怀尔德想起她过去名叫夏洛特·梅尔维尔。这个名字现在已经脱离了这个人，就好像运动员系着的号码标，一阵劲风就给刮跑了。他只知道自己以前就是这间公寓的常客，这也能解释为什么他对小孩玩具和那些家具会隐约感到熟悉，即便椅子和沙发都已经移了位置，用以遮住藏东西的各个地方。

“怀尔德……？”夏洛特·梅尔维尔就好像不确定是不是这个名字，轻声地念着它。夜里她带着儿子栖身在向上三层的一间公寓里，屋主是个统计学家，他们之前就很有往来。天亮时一切都平息下来，她便回屋想要把剩下的食物储备都取走，然后打算彻底遗弃这间公寓。很快，她镇定下来，低下头挑剔地看着他——这个暴露着耻部的莽男就像个野蛮人一般躺在她的酒瓶子之间，胸口还画着红色的斑纹。她没觉得有什么损失或是多么愤慨，而是很听天由命地接受了他率性而为给她的公寓造成的破坏，比如浴室里他的尿液散发出的强烈气味。

他显得有些半睡半醒，她慢慢走向门口。他伸出一只手握住了她的脚踝，睡眼惺忪地冲她微微一笑。怀尔德站起身来，绕着她转圈子，一只手举起录音机，就好像要用来打她。不过他却是把录音机不停地一开一关，把那些打嗝和咕哝的片段放给她听，能这般展现自己这出人意表的专业技能，他显然感到了自豪。他迫着她慢慢在公寓里转来转去，她听着耳边他剪辑过的咕哝声，从一个房间退到下一个房间。

他打了她第一下，把她扫到了卧室地板上。他想把她的喘息录下来，不过磁带卡住了。他小心地顺开，然后弯下腰又开始扇她，直到录下她为了让他满意而终于故意发出来的哭叫。他很享受这样恐吓她，享受这样录下她做作但仍不乏害怕的喘息声。在儿童卧室的床垫上发生那场笨拙的性行为期间，他就开着录音机放在两人身边的地板上，回放着这场短暂的强暴，她衣服撕裂的声音和她愤怒的喘息声叠在了一起。

稍晚，他对这个女人和这些录音机把戏都腻了，用力一把将机子摔向了墙角。自己说话的声音，无论怎么粗鄙，在他耳里总有一丝不和谐。怀尔德非常厌恶对夏洛特或是其他什么人说话，就好像那些字词给一切都加上了一套错误的含义。

夏洛特穿好衣服以后，两人去到阳台，带着格格不入的旧式礼节坐在桌边共用早餐。夏洛特吃着在厨房地板上找到的肉罐头残渣；怀尔德则解决了最后剩下的红葡萄酒，把胸前的红酒渍又加上一层。升起的旭日把他暴露的耻部晒得暖洋洋的，他觉得自己像一个心满意足的丈夫，正和妻子坐在山腰的别墅里。他羞赧地指着楼顶，天真地想跟夏洛特解释他为什么要登顶大厦。不过她没得要领。她用撕裂的衣物紧紧裹住了丰满的身子。虽然嘴上喉咙上带着瘀伤，她似乎毫不以为意，只是表情漠然地看着怀尔德。

从阳台上，怀尔德就能看到摩天楼的楼顶了，不过高出他十几层。生活在这个高度所带来的迷醉，和手中的酒瓶带来的感觉是同样实实在在的。他已然看见那一行栖在护栏上的巨大的鸟，毋庸置疑，它们是在等待他的到来，他的号令。

下方，20层的阳台上有一名男子在生火做饭。他正在拆卸一张咖啡桌，把桌腿填进冒着烟燃烧的一堆木棍当中，火堆上方稳稳架着一个汤罐头。

一辆警车接近了外围入口。正有几位住户一大早出门去上班，个个一身整洁的西装和雨衣，手里挟着公文包。引道上停放的无主车辆使得警车无法开到大楼的主入口，于是警官从车里出来，向经过的住户问询。通常这些居民谁都不会去回应一个外人，但是现在，他们在两名警察周围聚了一群。怀尔德好奇他们会不会泄露天机。不过，虽然听不见说话声，他也很肯定他们都在说些什么：很明显，他们在稳住那些警察，让他们无视大厦周围的一地垃圾瓶罐，相信这里秩序井然。

怀尔德决定在睡觉之前检查一下公寓的防御，便进走廊去看了看。站在门道外，污浊的空气飘过他的身边，然后从开放的阳台出去了。他品味着摩天楼里各种浓郁的气息。和各自的垃圾一样，那些住在高处的人，排泄物也有着跟别处明显不同的气味。

回到阳台，他看见警察正驱车离去。有二十来个住户仍然每天一早去上班，现在已经回来了三个——出去让警察相信此地一切安好的差事显然让他们心神不宁，他们头也不抬就急匆匆进了入口大堂。

怀尔德知道他们再也不会离开这里了。如今，摩天楼与周遭外界已近乎完全隔绝，说不定会与他的登顶同时间完成。这愿景带给他抚慰。他坐到地上，靠着夏洛特的肩入了眠。其时，她轻轻抚摸他的胸口，他的肩膀，那些酒红色的花纹。

14. 终极胜利

黄昏时分，安东尼·罗亚尔加强了安保，之后让人在餐桌上点起了蜡烛。他双手插在晚礼服的口袋里，站在这40层顶层豪华公寓的窗前，俯瞰开发区的混凝土广场。那些早先出门去办公室上班的住户，现在全都已经泊好车走进了大楼。随着他们的平安归来，罗亚尔第一次感到可以松一口气，好似一位停靠在异国港口的船长终于等到了他的最末一名船员销假归队，渴望能即刻扬帆。夜已经启航了。

罗亚尔在餐桌上首的一张高背橡木椅里坐下。烛光在银制刀叉和镀金碟子上方闪闪烁烁，映在他礼服的丝绸贴边上。像往常一样，这般矫情布置的做戏感令他微微发笑，觉得活像一支排演太差、资金太少的奢侈品电视广告。一切始于三周前。当时，他和潘伯恩决定要夜夜正装晚宴。罗亚尔让妇人们把餐桌扩到最长，这样，他的落座之处就能有高高的窗户和灯火通明的邻楼天台在背后映衬。妇人们遵照罗亚尔的吩咐，带来了秘藏在各处的银制餐具和蜡烛，摆上了精心烹制的餐食。一众人的身影映在天花板上绰绰摇曳，竟恍似置身封建领主的厅堂一般。潘伯恩则远远坐在长桌的另一端，毫不意外地对此倾心不已。

当然，这位妇产科医生非常清楚：粉饰是没有意义的。烛光之外，一步之遥，垃圾袋靠墙堆了足有六排。门外，走廊和楼梯间里满是破烂家具，还有一座座用洗衣机和冷藏柜垒起来的路障。电梯井则成了新的垃圾槽。大厦里的20部电梯到现在已经全数失去功用，井道里深深堆积着厨房垃圾和死狗。在这最上面三层，全摩天楼的最后一个部族单元里，文明秩序的假象虽日渐衰弱但还苟活着。罗亚尔和潘伯恩却是犯下了一个错误——他们以为下边会一直存在着某种群体组织，能让他们加以利用和掌控。而现在，那里进入了一个完全无帮无派的境界。氏族部落崩解成为小撮的杀手和独行的猎户，他们在空公寓里设下捕人的陷阱，或是在冷清的候梯厅狩猎那些疏于防范之辈。

罗亚尔从光洁的桌面上抬高视线，一位妇人正走进屋里来，有力的手臂间挟着一只银托盘。他看着她，记起这是怀尔德太太。她身上穿的是安妮的一件剪裁合身的连体裤装，罗亚尔不禁再一次感慨：这聪慧的女子如此轻易就和这摩天楼的高层世界浑然一体了。在被怀尔德彻底抛弃以后，两周前，当被人发现时，海伦正和自己的两个儿子瑟缩在19层的一间空公寓里，饥饿和愤怒已经令她没了力气，没了知觉。不论是去找自己的丈夫，还是遵从了某些模糊的本能，她当时也已经开始往大厦高处爬了。突击小队把她带上了顶层。潘伯恩当时想把这个又贫血又胡言乱语的女人直接丢出去，但被罗亚尔驳回。在下边什么地方，怀尔德可还在继续登顶摩天楼，他这老婆也许哪天就能成为一个很有价值的人质。于是她被带下去，成了那群弃妇中的一员。这些女人和她们的孩子都住在隔壁公寓，卖身为奴赚一个容身之处。

没过几天，怀尔德太太就恢复了体力和自信，不再是那一副呆愣又佝偻的模样，让罗亚尔回想起了那位曾经颇有前途的电视台记者和他这位严肃又迷人的妻子，那是在一年前，他们刚搬进摩天楼的时候。

罗亚尔注意到她在收拾潘伯恩的席位，把一尘不染的银餐具放回了她的托盘里。

“它们看上去还是很干净的，”罗亚尔对她说，“我认为潘伯恩医生应该不会看得那么仔细。”她对他的话没作反应，开始收刀叉。罗亚尔问：“你听到他说什么了吗？我猜，他今天晚上是不是不会来我这里了？”

“哪天晚上都不会来了。他已经决定此后都谢绝出席。”怀尔德太太隔着长桌瞥了罗亚尔一眼，仿佛已经对他动了一丝关切。她又云淡风轻地加了一句："我会提防潘伯恩医生的。"

"我一直提防着。"

"像潘伯恩医生这样的人，一旦对食物没了胃口，就让人有足够理由去设想他嘴里的东西是不是有意思得多，或是危险得多。"

罗亚尔听着她冷冷的忠告，没有表态。曲终人散，他一点儿不惊讶。他和潘伯恩都预见到了大厦里这最后一个部族的分崩离析，两人如今已退守回各自的营地，带着各自的女人，在顶层的两个尽头遥遥相对。潘伯恩已经搬进了原本属于已过世的珠宝商的顶层豪华公寓。罗亚尔想：何其怪异，他们很快就要回到最初了，每个住客又都再一次在各自的寓所里与世隔绝。

隐约有什么在警告他，要他免去这一餐，可他还是继续等着怀尔德太太为他上菜。这一路坚持至此，无论那位妇产科医生做出什么事情，都不可能拖住他的步伐了。过去的几个月里，车祸遗留的所有痕迹几乎消失无踪，罗亚尔感觉比以往更强健也更自信。对主宰摩天楼发起的这一次冲击，他已经赢了，他充分证明了自己拥有统治这幢巨型建筑的权利，哪怕代价是他的婚姻。至于他曾期待得见的那个新生的社会秩序，如今他也明白了：最初构想的那个摩天楼版的大鸟舍便已经和现实贴近得超乎他想象。不知不觉中，其实自己早已构建出了这么一座庞大的、垂直的动物园，数百只笼子一层层叠放有致。过去几个月里发生的这一切，说白了，不过是这些聪明又稀奇的生物学会了怎么开门。

怀尔德太太上菜的时候，罗亚尔往后靠了靠。自从自己公寓里什么厨房设备都不剩，他的一日三餐就全在隔壁公寓里准备。怀尔德太太带着她的托盘又出现在门口，小心地从过道两边成行的垃圾袋上迈过去——尽管堕入了蛮荒状态，摩天楼居民却还是念念不忘他们的根本，依旧生产出铺天盖地的垃圾。

照例，主菜里有一块烤肉。罗亚尔从没过问都是什么肉——狗肉吧，大概。食物的供给是交由那些妇人全权负责的。这些餐食里加了大量的佐料，在他品尝的时候，怀尔德太太则立在他身侧，凝望着夜空深处。她就像个训练有素的管家一样，在等待罗亚尔给她一些验收指示，却似乎从没在意过他是嘉许还是责备。她的语调呆板，全然不似跟安妮或是其他妇人说话时那么有生气。实际上，怀尔德太太陪伴罗亚尔太太的时间比罗亚尔本人还要多。六个女人同住在隔壁那间公寓，表面说法是为了更易于防范突袭。有时候罗亚尔会去找安妮，但又对这一群关系亲密的妇人怀着几分忌惮。她们会在一地垃圾中间坐在各自的床上，会一齐照料怀尔德的两个孩子。他在门边迟疑不决的时候，她们会拿眼看着他，直看到他自己走掉。就连安妮，也从他身边抽离开，部分是出于对罗亚尔的惧意，但也是因为她清楚他已经不再需要她了。安妮耗费了数月时间来勉力维系自己高人一等的地位，现在她终于决意加入其他住户的队伍。

“不错——这次还是非常之好。稍等……先留步。”罗亚尔搁下手里的餐叉，故作随意地问，“你有没有听见他的什么消息？或者有谁见到过他吗？”

怀尔德太太摇了摇头，对他的旁敲侧击有点不耐烦：“谁……？”

“你丈夫——理查德，我想是这么叫的。怀尔德。”

怀尔德太太垂眼看着罗亚尔，摇摇头，就好像不认识那人。罗亚尔可以肯定：她不单已经忘了那人是她丈夫，也忘了每个男人都是谁，包括他。他想试她一试，便伸手到她大腿上，摸着她有力的肌肉。怀尔德太太手拿餐盘顺从地站着，对罗亚尔的爱抚浑然不觉，部分原因是她在过去数月里已经被太多男人骚扰过了，但也是由于性侵犯本身已经不再具备任何意义。当罗亚尔将两根手指滑进她的臀沟时，她有反应了；但不是把他的手推开，而是把他的手移到自己腰上，然后轻轻按在了那儿，仿佛方才是她的孩子没抱对地方。

她带着罗亚尔惯常留给她的那块烤肉出去了。他坐回到长桌旁，很高兴她终于离开。怀尔德太太没问过他的意思，就自作主张把他的白夹克洗熨妥帖，把上面的血渍清洗得一干二净。曾经，罗亚尔穿它在身上，是多么骄傲；它不仅给他平添了威慑之感，更赋予了他在这摩天楼里未曾完全言明的地位。

她这么做是故意的吗？清楚这样做会灭他的霸气？罗亚尔依然记得，曾几何时，楼里有无穷无尽的派对，整座大楼灯火通明，好似一艘喝醉酒的巨轮。罗亚尔把封建领主这个角色扮演到了极致，每晚都在他的客厅里主持理事会会议。那些神经科医生、资深学者和股票经纪人在烛光下共聚一室，共商大事，一应展示各自在工贸界、学术场上浮沉多年而习得的尔虞我诈和生存之道。会议议程、备忘录和提议附议的措辞极尽正式，上百场委员会议沿袭出一整套繁文缛节——然而，其实，这就是部落大会。众人在此讨论攫取食物和女人的新伎俩，商议抵御掠夺、捍卫高层的新谋略，计划着要团结谁，背弃谁。如今，新秩序已然展露无遗，摩天楼生活的全部，便是围绕着三大执念——安全、食物、性。

罗亚尔起身离开餐桌，挑了其中一盏银烛台带到窗边。摩天楼所有的灯都熄灭了。40层和37层是通了电的，可这两层同样没有亮灯。黑暗更亲切，至真的幻象会焕发于其间。

四十层楼之下，一辆车开进了停车场，循着迷宫一般的通道，迂回行至距离大厦两百码的车位。司机穿着飞行夹克和重靴，踏出车门低着头匆匆朝入口走过去。罗亚尔猜测这个身份不明的男子恐怕是全楼最后一个还在离开大厦去上班的住户了。不论是何身份，此人都找到了自由出入寓所的通途。

楼上面什么地方，有条狗在呜咽。在很低处，沿大厦的峭壁往下20层，从某间公寓漆黑的门洞里传出一声短促的尖叫——因为疼痛、欲望还是愤怒，都已经不再重要了。罗亚尔等待着，他的心跳开始加速。片刻之后，传来了第二声尖叫，一声没有意义的哀号。这些呼号不过是抽象了的情感表达，和事发当下的周遭环境全无关联。

罗亚尔等待着，看有哪个仆从走进来，告诉他大概是什么造成了这些纷扰。除了在隔壁公寓里的那些妇人，这里还另有数名年轻男住客，包括39层的画廊老板和38层的知名发型师。他们时常在走廊的垃圾袋之间闲晃，倚着手里的矛，留意着楼梯间里那些路障。

罗亚尔拿起他的铬手杖离开了餐厅，靠烛台上那一支蜡烛照亮脚下。他在黑色垃圾袋之间走得跌跌撞撞，想知道为什么他们从不把这些东西从阳台上丢下去。想来他们把垃圾留在自己身边，不只是因为惧怕引来外界的注意，更多是想要自己守着它们，于是用它们把自己重重环绕了起来。透过半透明的塑胶袋，隐约可见里面尽是些黏稠的残羹剩饭、血污的烂绷带，还有破碎的酒瓶，里面曾盛满了叫他们烂醉的东西。

他的公寓空了，天花板挑高的房间里空无一人。罗亚尔谨慎地迈进走廊。路障旁边的岗亭没有人值守，隔壁那间妇人住的公寓也没从门道里透出一丝光亮。一贯忙碌的厨房竟然没有光亮，罗亚尔很惊讶。他穿过漆黑的门道往里走，把儿童玩具踢到一边，把烛台举过头顶，想在周围几个房间里分辨出任何一个睡梦中人的身影。

主卧室的地板上放着几张床垫，床垫上摆着打开的行李箱。罗亚尔站在门道里。黑暗中，各种气味混杂在一起把他严严裹了起来，这是那些遁逃的妇人留下的浓郁尾迹。他稍作迟疑，之后伸手进去开了灯。

看惯了闪烁不定的烛光和摇晃的手电光，瞬时迸射的电气光亮是如此陌生，房间里的六张床垫都被照亮了。收拾一半的行李箱一个叠着一个，像是这些妇人一收到消息或是某个事先约好的暗号就即刻离开了。她们的大部分衣物没有带走，罗亚尔发现怀尔德太太为他上菜时穿着的那套连体裤装也在其间。几间衣橱里的架子上挂满了安妮的衣裙和套装，堪比商店展台。

这均匀的灯光，就像警方拍摄犯罪现场的定时曝光一样死气沉沉。光线落处，是撕裂的床垫和丢弃的衣物，墙上有葡萄酒渍，脚边地板上遗落着化妆品。

罗亚尔低头看着这一切。他听见黑沉沉的走廊里传来模糊的嘘声，越来越远，似乎是那些逃跑的妇人发出来的。这长串的叫喊声和咕哝声他已经听了有些日子了，并且始终没能做到从意识上把它们压抑下去。关掉电灯，他将手杖坚定地握牢在双手中，离开了公寓。

罗亚尔站在门外细听远处的声音，很像是电子模拟出的小孩哭声。那些声音在那一头的一间间公寓里穿行着，刺耳又遥远，是他私人动物园里兽类的动静。

15. 晚间娱乐节目

夜渐深，整幢公寓楼隐进了黑暗。和平常一样，这个时候的摩天楼总是寂静无声，就好像这庞大建筑里的每一个人都在跨越某个边界地带。天台上，那些狗自顾自呜咽着。罗亚尔吹熄了餐厅里的蜡烛，沿着台阶走到了楼顶的套间。健身器的铬制杆轴反射着来自远处毗邻的摩天楼的灯光，好似一台复杂仪器上的一根根汞柱上下起伏，记录着下方那些居民那变化无端的心理活动水平。罗亚尔迈上楼顶的时候，数百只白鸟的身影点亮了黑暗，它们在漆黑的夜空中展开翅膀，奋力在拥挤的电梯机房和护栏上找一个落脚之处。

罗亚尔等它们都飞到他周围，用手杖将它们的喙从自己腿边引开。他觉得自己又开始平静了下来。倘若那些妇人和人数渐少的跟班们都已决意离开他，那再好不过。此处，在黑暗里，置身鸟儿中间，听它们俯冲呼号，听狗在儿童雕塑园里低声呜咽，他感到无比放松自如。他越发确信：这些鸟儿会被吸引到这里，是因为有他在。

罗亚尔从鸟群里分出一条路，走到雕塑园推开了门。那些狗一认出他，就呜呜哀号着紧张起来，向后挣紧了牵引绳。曾经，摩天楼里的高层住户豢养了约莫上百只动物，时至今日只剩下了这些巡回猎犬、贵妇犬和腊肠犬。养它们在这里，是用作战略粮食储备的。不过罗亚尔留了心，只让极少数的几只被人吃掉。这些狗，组成了他的私人狩猎装备。他会养着它们，直等到最后决战的到来。到那时，他会带领它们下到楼里，将那些布下防御的公寓窗户洞开，放那些鸟儿冲进去。

狗群扯动着他的双腿，它们的牵引绳拴在那些玩具雕塑上，纠缠成了一团。就连罗亚尔的最爱，那条雪狼，也是焦躁又紧张。罗亚尔设法安抚它，他伸出了双手去摩挲它光亮却仍血迹斑斑的被毛。狗惶然间用头撞了他，直把他撞得退到那堆空食桶后边去。

罗亚尔刚稳住身形，听到从身后一百码的中央楼梯间里涌上来的说话声。有光亮在黑暗中渐渐靠近，来自齐肩高的一整列手电筒。夜色里，光束破空而出，鸟群受惊飞上了半空。一台手提卡带机里爆出震天的音乐，隐约听到还有哑铃的敲击声。罗亚尔在一间电梯机房后面停下脚步的时候，他的一群顶层邻居拥上了屋顶。潘伯恩领头，众人在观景天台上宽松地站开一圈，准备庆祝一场刚打下的胜仗。在未经罗亚尔批准也不知情的情况下，他们已经向下方楼层发动了一场突袭。

妇产科医生极度兴奋，像一个疯狂的信使一样挥着手招呼最后那几个掉队的兵。从他嘴里冒出长串奇特的呼喝喊叫，一种勉强能听清的咕咕哝哝，活像尼安德特穴居人[1]的某种求偶信号；不过其实，潘伯恩是在学新生儿降世时的哭声，学他用电脑去分析的那些录音。这种诡异且叫人发慌的噪声，罗亚尔已经被迫听了好几个礼拜，因为他的仆从们也都跟着一起这样反复号叫。早前几日，他终于算是彻底禁止了聚众制造这种噪声——坐在套间里想要去思索那些鸟的时候，听到隔壁厨房里那些妇人发出的各种咔啦咕哝的动静让他心烦意乱。不过，在顶层的另一头，潘伯恩会在他的住处里定期举行聚会。妇人们围着他在地上静静蜷坐成一圈，他会把馆藏的新生儿啼哭录音从头到尾专门播放给她们听。他们全在一起模仿这种怪号，用这种口头形式，标榜潘伯恩日益成长起来的权威。

此刻，这些妇人都已离开了罗亚尔，她们正在倾尽所学，全数发泄，呼号咆哮得如同一大群发了狂的准妈妈在唤起她们的胎儿的降世之苦。

罗亚尔在等待一个合适的时机现身，他和身前的雪狼正隐在那间电梯机房旁边的一顶破遮阳篷后面。他庆幸自己破

1　冰河时期生活在欧洲和西亚的人种，在距今约3万年左右消亡。模拟发声研究表明，尼安德特人的发音不具备现代语言基础，只能发出含糊的咕咕哝哝。

天荒穿上了燕尾服——那身白色猎装在这里会显眼得堪比一团火焰。

两位“客人”给逮上来了。一位是32层的成本会计师，头上打着绷带；一位是27层的气象学家，近视。而那位拿着录音机的女子，罗亚尔冷静地注意到：那是他的妻子，安妮。她衣饰不整，头发凌乱，懒懒靠在潘伯恩的肩上，之后在那手电光围成的人圈里打转，像个喜怒无常的妓女，冲着两个囚犯挥舞着录音机。

“女士们……拜托，听我说。好戏在后面。”潘伯恩示意妇人们安静。在纷乱的光线下，他纤细的手指就好像几根易折的树枝。活动吧台被人抬好摆正，旁边放了一张桌子两把椅子，两位客人忐忑地落座。会计师正拼命把头上散开的绷带缠回原位，好像害怕会被喊去玩捉迷藏。气象学家则眯着他的近视眼，往手电光里看过去，想把参与这场狂欢的人认出几个来。这里的每一个人罗亚尔都认得，过去一年里，他们都是他的邻居；这让他差点相信自己眼下是在列席夏日里众多天台鸡尾酒会的其中一场。与此同时，他又觉得自己像是在看一出程式化的歌剧或芭蕾舞剧的开场戏，故事里的餐馆简化成了这么一张桌子，只不过难逃劫数的男主角在被打发去赴死之前，还遭到了一群侍应生的齐声嘲弄。

这场派对的主人们，在那两位客人到来之前的很长时间就一直在喝酒了。珠宝商遗孀穿着长长的皮草大衣，安妮拿着卡带机，简·谢里丹则挥着鸡尾酒调酒器，所有人摇来晃去，都好像在跟随着什么错乱的音乐，而只有罗亚尔一个人听不到。

潘伯恩又一次示意全场安静："听我说——别冷落了我们的客人。他们都已经觉得无聊了。今晚我们玩什么呢？"

人群里大声喊出各种建议。

"跳跳板！"

"飞行学院啊，医生！"

"走太空步！"

潘伯恩转而面向他的客人："鄙人相当喜欢飞行学院……我们在这儿开设了一所飞行学院，两位知道么？不知道——？"

安妮·罗亚尔告知客人："我们决定要为两位提供几堂免费课。"

"是一堂免费课，"潘伯恩纠正。所有人都在偷笑。"不过你们也只需要一堂课。对吧，安妮？"

"课程极其有效哦。"

"实际上，首航就是单飞了。"

珠宝商遗孀带头，众人把负伤的会计师拽向护栏边上，血迹斑斑的绷带从他头上散落下来，把每个人都绊了一下。这位祭品被人在后背绑上了一对破破烂烂的纸模翅膀，其前身是儿童天使装。那种咕哝声呼号声又响起来了。

雪狼不肯向前，罗亚尔将它牵在身后走进了人群的视野里。众人专注于眼前的处决，没人注意到他。他尽可能若无其事地喊道："潘伯恩……！潘伯恩医生……！"

吵闹声压了下去。手电的光线在黑暗里飞快地移动，扫过罗亚尔晚礼服的丝质翻领，然后紧紧定在了他双脚间正欲逃脱的雪狼身上。

"飞行学院！飞行学院！"响起了阴郁的圣歌。罗亚尔睥睨着这帮无法无天的家伙，简直认定自己周围是一大群半文盲的小孩。动物园里的动物跟饲养员造反了。

听到罗亚尔的声音，妇产科医生从囚犯身边转过来，训练有素地将对方的绷带重新缠好。他一边擦拭自己的手，一边悠悠走过天台，几乎是在模仿罗亚尔那种闲散步伐。不过，他眼里带着纯专业的好奇，正在审视着罗亚尔的面部，就好像他已经断定那种坚定的表情完全可以通过切断最少量的神经和肌肉来予以调整。

圣歌腾空而起。手电光束打着节奏，穿过黑暗打在罗亚尔脸上。他耐心等待喧闹平息。安妮从人群里向他冲了过来，他举起手杖，做好了抽她的准备。跑到他面前时，她停下来了，扬扬得意地笑着，姿态挑逗地抖开身上的长裙。突然，她把卡带机的音量开到最大，猛地抵到他脸上。新生儿的嗷嗷啼哭充斥了整片夜空。

“罗亚尔……”珠宝商遗孀示警般一声大喝，“怀尔德过来了！”

罗亚尔被这名字惊得一退，拿手杖对着黑暗里一阵挥劈。手电光束在他周围晃动，翻倒的椅子在混凝土天台上投下的阴影不停摇摆。他以为怀尔德会从他身后扑上来，便踉跄着想要跨过遮阳棚，却让狗绳把脚缠住了。

笑声从身后传来。他强压着没有发作，又转过脸去看潘伯恩。但是妇产科医生已经走开，边走边回头看着他，眼里没有敌意。他抬起手，丢飞镖一般朝罗亚尔轻轻一挥，将他永远地无视了。手电光束从罗亚尔身上移了开去，所有人都转而回到那件更要紧的事情上：折磨两位客人。

黑暗中，罗亚尔看着他们为囚犯而争论不休。和潘伯恩的较量已经结束——或者，更确切地说，根本就没发生过。区区伎俩便已叫他乱了方寸，留给他的只剩下对自我的质疑：他到底怕不怕怀尔德。他蒙受了羞辱，但这倒也谈不上不公平。妇产科医生也不过是他们一时的魁首。潘伯恩当饲养员，没有哪个动物园能长久的；可他能提供一个暴力与残忍的节点，以此令他人心中的求生之念得以留存。

这地方就让疯子们来接管好了。发生的事也只有疯子看得懂。罗亚尔抓住狗绳，任凭雪狼把自己拖往雕塑园的方向，拖进幽暗处的安全里去。那些白鸟白压压地栖在每一个窗台、每一道护栏上。罗亚尔听到狗在呜咽。现在他已经不再打算给它们喂食了。套间的玻璃门映着盘旋的鸟儿，仿佛那是属于某个秘密亭台的一扇窗扉。他会封掉公寓，堵住楼梯，撤退到楼顶的套间，或许还会带上怀尔德太太服侍他。在这里，他会把持着脚下的整幢摩天楼，占住自己在这天空中的最后一方租地。

他打开雕塑园的门锁，摸黑穿行在那些雕塑之间，把狗都放了。它们一条接一条争相逃得干干净净，只剩罗亚尔和那些鸟儿。

16. 皆大欢喜

罗伯特·莱恩断言：这是一个未知的场景。他不能再相信自己的预感了。奇诡的光线笼罩着公寓，灰暗、潮湿，但同时又被一种自内部发出的微光映出了大理石纹路。莱恩站在厨房里满地的垃圾袋之间，小心摆弄水龙头，想从里面弄出几滴水来。他扭过头，看着暗沉的尘雾像纱幔一般在整间客厅铺开，好似自己意识的延伸。这已经不是头一回了，他没法肯定现在究竟是一天里的什么时间。已经起床多久了？莱恩隐约记得自己是睡在厨房的格子地毯上，头枕着桌腿之间的一个垃圾袋。他也到卧室去过，姐姐艾丽斯睡在里面；然而自己是在五分钟前醒的还是在前一天醒的，他完全说不上来。

他甩了甩自己的手表，用积垢的指甲抠着开裂的表盘。几天前，在25层候梯厅的一场混战中，这块手表就停了。尽管他已经忘了确切是几点几分，这块坏掉的手表却用指针保存了留给他的那一刻有限的时间，如同抛在海滩上的一枚化石，将发生在一片已不复存在的海洋里的一小串瞬息往事永远结晶了起来。不过现下，几点几分倒也无足轻重——只要没入夜就好；一旦入夜，除了躲进公寓猫在那座快倒掉的障碍堆后面，做其他任何事情都太可怕了。

莱恩把冷水龙头开了关，关了开，去倾听那细微的音色变化。在罕有的几个变化区间里，恐怕一整天当中就只一分钟，水龙头会流出一道被藻类染成绿色的液体。在贯穿整幢建筑的庞大管道系统里，这些小小水柱上上下下，就以这细微的音色变化昭告着它们来了，它们走了。倾听这遥远又纷杂的音乐使得莱恩的耳朵越发灵敏，而且已经扩展到对楼里几乎所有声响都灵敏。相形之下，他的视觉则因多在夜间使用而钝化了，呈现给他一个越来越不通透的世界。

摩天楼里没什么动静。几乎所有能发生的都已经发生了——莱恩就是经常这么告诉自己的。他走出厨房，挤进大门和障碍堆之间的狭小空隙，将右耳贴到了木质房门的听音板上。从细微的回声里，他能即刻听出附近的空公寓里是不是有掠夺者出没。每一个下午，都有短暂的片刻，他和斯蒂尔会从各自的公寓里走出来——这是种象征，以此缅怀众人还会离开大厦的那段时光——他们会轮流用手掌抵着电梯井的金属墙壁站在那儿，感受那种振动传送进他们的身体中，捕捉往上或往下的十五层楼当中突发的什么动静；或是到楼梯台阶上蹲着，将手指搭在金属栏杆上倾听这幢建筑的隐秘细语，那些在远处时而发作的暴行好似爆发自另一个宇宙的辐射一次次传递了过来。一位负伤的住客正顺着楼梯往上爬，一处陷阱围住了一条野狗，一名大意的受害者倒在了棍棒之下——这些微小的震动，这些不祥的点滴声响，都会令摩天楼轻轻发颤。

不过今天，这样一个光影飘忽、分秒全无的所在，很应景地也没有丝毫响动。莱恩回到厨房去听水管的声音。这几根水管，属于一个由数千根音管所操控的庞大声学系统；在这样一台如今已是濒死的管风琴之中，它们曾经千管齐鸣。但现在，万籁俱寂。摩天楼的居民们尽数按兵不动，躲在各自公寓里的障碍堆后面，维持他们残存的几分清醒神智，以备夜晚的到来。时至今日，暴力已经彻底程式化了，间歇性的侵犯行径冷酷且随机。某种意义上，摩天楼里的生活也已经和外面的世界有所类似——那一套礼尚往来之中，也掩藏着同样的残忍和侵略。

莱恩坐在厨房地板上的空瓶子和垃圾中间，仍然搞不清自己到底醒来了多久，或是在之前的半个小时里都做了什么。他抬眼看着现在被当成垃圾箱来用的废弃洗衣机和电冰箱，发现自己很难记起它们的原始功用是什么。一定程度上，它们已经被赋予了一个新的意义，而其作用为何，他仍然不明。未来正在将它们带去一个世界，即便这摩天楼的败落本身也是那个世界的一个范本。在那里，于科技之外，目之所及的所有东西要么已废弃；要么，含混一点，被出乎意料却更有意义地重组了。莱恩沉思着——他发现，有时候真的很难不去相信：他们正活在一个已然成真，且消耗殆尽的未来。

好似一个有的是时间的沙漠游牧民，莱恩蹲在干涸的水槽旁边，耐心等待水龙头里有水流出来。他抠着手背上的泥垢。尽管外表已如流浪汉，他依然打消了用这些水来清洁的想法。摩天楼在发臭。没有哪个卫生间或垃圾槽还能用。小便喷溅在大楼的外墙面，飞溅到一层层的阳台上。然而，在这独特的气味之上，另有一种远比其暧昧的气味，它又腐烂又甜美，往往会在一间间空公寓里弥散开来，莱恩选择对此不作深究。

尽管存在这些不便，莱恩对在摩天楼里的生活还是很满意的。既然已有如此之多的住户都不在了，他也就倍觉放松，更可以把控好自己，做好向前走的准备，去探索他的人生了。至于怎么探索，向哪儿探索，他还没想好。

他真正担心的是他的姐姐。艾丽斯病了，身体不适，原因不明。一天到晚，她不是躺在莱恩卧室的床垫上，就是半裸着在屋里四处游荡，身子抖得就好像一部过度敏感的地震仪，对能引发大楼震颤的哪怕再几不可察的动静都会有反应。莱恩敲了敲水槽下方的污水管，当那一声空洞的嗡响在空管道里传出去的时候，艾丽斯用她那尖细的嗓音在卧室里叫喊了起来。

莱恩去房间里看她，小心绕开地上成堆成堆的火引子。这些柴火是他用劈碎了的家具做的，他挺享受砍散那些桌子椅子。

艾丽斯用枯柴般的手指着他："那声音——你又在给人发信号了。这次是给什么人？"

"没有什么人，艾丽斯。你想我们还认识什么人呢？"

"低楼层那些人。那些你喜欢的人。"

莱恩在她身边站着，拿不准是不是该坐到床上去。姐姐的脸油腻得好像一颗蜡制的柠檬。她努力想把视线聚焦在他身上，眼珠子在眼眶里游移不定，好像迷失了的鱼。他脑子里闪过一个念头：她会不会快死了——过去两天里，两人不过吃了几片罐装熏三文鱼，是他在一间空公寓的地板下面翻出来的。讽刺的是，在这幢公寓楼衰败得最厉害的这些天里，由于有越来越多的珍馐见了天日，楼里的餐饮水准倒是开始上去了。

不过，食物是次要的，艾丽斯在其他方面倒是有生气得多。莱恩一边努力满足她时不时的异想天开，一边相当享受她软腻腻的哄骂苛责。无非是在闹着玩，他却津津有味地扮演着这样一个尽心尽力献身于尖酸女主子的家仆，一个把得不到赏识和挨不完数落视为最大乐事的忠奴。从很多方面来看，其实，他和艾丽斯现在所拥有的，恰恰可以总结他前妻想要和他建立的那种关系。她曾偶然发现到这唯一会让两人琴瑟和鸣的可能源头，可莱恩当时拒绝了。倘若当初是在这摩天楼里，他想，他的婚姻会登峰造极。

“我那是想弄出一些水来，艾丽斯。你想不想喝点茶？”

“水壶难闻。”

“我会替你把它洗洗。你不能这样，会脱水的。”

她勉强点点头。“有没有发生什么事？”

“没有什么……都已经发生过了。”莱恩闻到从艾丽斯身体里散发出一种强烈但并不难闻的气息。“一切都已经开始回到正轨了。”

“艾伦怎么样了——你说过你会去找他。”

“恐怕他已经不见了。”这时候提到艾丽斯的丈夫，莱恩不大高兴。两人之间出现了不和谐音符。“我去你公寓找过的，但现在已经空了。”

艾丽斯把头别到一边，表示她已经看够她弟弟了。莱恩弯下腰，把她之前撒在床边地面上的柴火都聚拢到一处。这些都是餐椅的腿，胶水和清漆都上得很好，烧起来会很旺。餐椅都是莱恩在艾德里安·塔尔博特失踪之后从这位精神病学家的公寓里抢掠过来的。他对此类赫伯怀特风格[1]的家具心存感激——

1　乔治·赫伯怀特（George Hepplewhite），十八世纪英国家具设计师，融合多种风格创立的一种新古典风格，椅腿椅背多为造型纤巧的木制几何形状。

中层住户的这种传统审美很好地满足了他们的需求。相比之下，低楼层住户那种乱七八糟的金属管光面皮椅尽管流行一时，可除了用来坐，没其他用处。

楼里现已全用明火烹饪，各家各户都把火生在阳台上或是自制的火炉里。莱恩把那些柴火搬到阳台上，在那儿蹲下以后才意识到没东西可煮。很早以前他就不得不把私藏的罐头全交给隔壁的矫形牙医了。而实际上，莱恩的位置之所以得以保全，完全要感谢当初他私藏起来的那些吗啡安剖瓶。

尽管莱恩害怕斯蒂尔捉摸不透的暴戾脾气，但出于必要，他还是得对他亦步亦趋。已经有那么多人走了，或是彻底退出了抗争，他们是为了外面的世界而抛弃了摩天楼吗？莱恩可以肯定：他们不是。某种意义上，他把依赖建立在了他和牙医不确定的关系之上，他追随着他的杀念起落，就如同一个死囚爱着一个性情无常的监狱看守。在过去的几周里，斯蒂尔的所作所为变得相当骇人。那些刻意对落了单或者没防备的人发起的无谓攻击，那些在空公寓的墙上涂抹血迹的幼稚行径，莱恩全都不安地看在眼中。斯蒂尔还用高尔夫球杆当作凶狠的利箭，用钢琴弦搭出巨弩架在候梯厅和走廊当中。妻子失踪以后，他整个人就跟那些巨弩一样紧紧绷着。然而与此同时，此人依旧保持着异乎寻常的冷静，仿佛正投身于某种未知的探索中。

下午，斯蒂尔睡觉去了，莱恩得了空去勘查取水。他拎起水壶的时候听到艾丽斯在喊他。但等他回到她身边，她已经忘了自己想要什么。

她向他伸出手去。通常，莱恩都会给她搓搓手，好让她的手心燃起一丝温暖。然而，除了对牙医有某种独特的效忠，他对艾丽斯则全无真正的帮助。这卑鄙的无情的样子，下滑的个人卫生状况，甚至连他对自身健康的故意忽视，于他所无意改变的诸事而言只不过是冰山一角。好几个礼拜，他唯一能琢磨的便是下一趟突袭打劫，下一间要遭抢的公寓，下一名要挨揍的住户。他喜欢看斯蒂尔一展身手，着迷于他下意识施暴的种种表现，每一次，都令他们向着摩天楼的那一终极目标又迈进了一步。那里是一个无拘无束随自己最出格的冲动而行事的王国。到那时，肢体暴力也就终会平息。

莱恩等待艾丽斯慢慢进入半昏迷状态。照顾姐姐让他力不从心，要是她真的快死了，他也没什么能做的，唯有给她一剂临终吗啡，然后把她的遗体及时藏好，免得被斯蒂尔毁伤。给遗体化妆打扮然后摆出各种怪诞造型，那可是牙医最爱的消遣。常年修复病人口腔的工作令他的想象力备受压抑；如今一玩起死人来，想象力复苏得尤为鲜活。就在前一天，莱恩撞进一间公寓，发现他正给一位死了的客户经理画上诡异的美容面具，用一件宽松的丝质睡衣把尸体装扮得如同一位夸张的变装皇后。假以时日，再配以源源不断的施展对象，这位牙医能叫这整座摩天楼重新住满。

莱恩拿着水壶离开了公寓。同样昏暗的光线，被一种发自内部的微光涂上了珍珠般的亮泽，充满了走廊和候梯厅；这是这建筑自己分泌出来的瘴气，蒸馏自所有这些死气沉沉的混凝土。墙上溅满了血，覆在喷漆的涂鸦上，就好似在遍布顶层公寓的那些画作上来了个塔希派[1]的泼色。垃圾袋靠墙堆叠而起，之间躺着废弃的家具和拆散的磁带。

走廊里散落着相机底片，每一张都记录下了某件久被遗忘的暴行。莱恩走在底片之间，脚下噼啪作响。他担心引来正在守望的捕食者，于是停下了脚步。这时，楼梯间的门开了，一个身着飞行夹克和羊毛里皮靴的男子走进了大厅。

看到保罗·克罗斯兰果敢地大步走过撒满垃圾的地毯，莱恩意识到这位电视主播像往常一样结束了午间新闻的播报，刚从电视台下班回来。克罗斯兰是仅存的一个还会离开摩天楼的人，和外面的世界还保留着最后一丝脆弱的联系。就连斯蒂尔看到他也要小心绕着走。楼里有少数人还在看他播新闻。他们躲在掩体后面，蜷缩在垃圾袋之间，看着由电池供电的电视机，没准还抱着希望，想看到克罗斯兰时至今日还会突然脱

1 一种抽象派绘画风格，又称滴色派，用颜料泼在画布上作画。

稿，张嘴就将摩天楼里发生的事情告诉整个世界。

在楼梯间里，莱恩为狗设过一个陷阱，用的是他从往上三层的一位生态人类学家的公寓里偷来的热带蚊帐。有大批狗从它们繁衍生息的高楼层如瘟疫般向低处降临。莱恩不指望用这种弹簧支撑的玩意儿能抓住什么大型犬，不过一条腊肠犬或者京巴还是可以被这个尼龙网缠住的。

楼梯间没有布防。机不可失，莱恩顺着台阶下到了下一层。大厅被家具堵上了，他拐进了连接北翼十间公寓的那条走廊。

沿着一溜三扇门，他走进一间废弃的公寓。房间都空了，家具和配件设施很早以前就被卸了个精光。莱恩到厨房里试了试水龙头，然后用他的皮鞘刀割开了洗衣机和洗碗机的胶皮管，接了满满一杯金属味儿的水。浴室里，一位上了年纪的税务专家赤身裸体倒在瓷砖地板上。莱恩想都没想，从尸体上跨了过去。他在公寓里走来走去，从地上捡起一个空威士忌酒瓶。一股麦芽威士忌的酒香还依稀存留其中，有种几乎叫人迷醉的怀念。

下一间公寓，同样是遭遗弃然后被掏空了。在一间卧室里，莱恩注意到地毯盖住了一个圆形的凹陷处。他怀疑会不会有秘密贮藏的食物，于是过去把地毯翻卷了起来，却发现木质地板和混凝土楼面都被钻通了，形成了一个直通到下方公寓的出入口。

莱恩把房门封好，趴到地板上细看下方的那个房间。一张玻璃圆桌奇迹般完好，映出他溅了血的衬衫和长满胡须的脸，好似正在从一口深井的井底向上凝望一般。桌子旁边是两把翻倒的扶手椅。阳台门是关着的，窗帘挂起在窗户两边。俯视着这样一番平和景象，莱恩觉得自己是不是意外得以瞥见了某个平行世界，在那奇幻的地方，摩天楼的法则暂时失效，那些巨大的楼房里只添置家具和装潢，从不住人。

莱恩一时兴起，小心翼翼地把自己细瘦的双腿伸过出入口，坐到边沿上，然后纵身跃进了下面的房间。他站在玻璃桌上审视着全屋。得来不易的经验告诉他：屋里还有人。什么地方有一只小铃铛在响。卧室里传来轻微的刮挠声，就好像有只小动物想从纸袋子里逃出来。

莱恩推开了卧室的门。一位三十五六岁的红发女人穿戴整齐躺在床上，正在和一只波斯猫嬉戏。小家伙戴着挂了铃铛的天鹅绒项圈，猫绳正系在女子血色斑斑的手腕上。猫咪用力地舔着自己毛上的血迹，然后捉住女子的手腕，啮咬着细薄的皮肉，想把创面再揭开来。

这个女子，莱恩依稀认出是埃莉诺·鲍维尔。埃莉诺完全没打算制止那只猫以她的血肉为食。她表情认真，发青发绀的一张脸歪向猫那一边，好像宽容的父母在看孩子玩耍。

她的左手横放在丝质床单上，指尖处有一支铅笔和一本采访用的听记簿。在床脚，面对着她有四台电视机分处不同的频道，不过，其中三个屏幕上什么都没有了。装了电池的第四台电视，正在无声地播放一场赛马，画面模糊不清。

埃莉诺无心写评论，只管把手腕伸到猫咪嘴边逗弄它。小东西饿极了，兴奋地撕咬着她指关节周围的皮肉。莱恩上前想把猫抱开，埃莉诺却猛一扯猫绳，催它回到自己的伤口上。

“我这是在保住它的命。”她嗔怪着莱恩。猫咪的专注令她脸上浮起安详的笑意。她抬起自己的左手，“医生，你可以吸我的另一只手腕……可怜的人啊，瞧瞧你真是不能再瘦了。”

莱恩听着猫的牙齿发出的声音。寂静的屋内，自己兴奋的呼吸声被放大到了不可思议的程度。自己很快会变成摩天楼里的最后一个活人么？他想象着在这巨大无比的建筑里，他自由自在地在各个楼层和混凝土走廊中漫步，在静谧的电梯井里攀爬，独自挨个把上千户阳台都坐遍。这样一个梦想，他从搬进摩天楼的那一天就渴望实现，现在却突然令他不安起来；就好像，最终孤身一人之时，他会听到隔壁房间有脚步声，然后和他打上照面的那个人是他自己。

莱恩把电视音量开大。扬声器里传出赛马解说员的声音，一大串名字连珠炮似地蹦出来，听着就好像一份凌乱至极的清单，上面满是彼此毫无关联的对象，均作为紧急输入的个体征募至此，好让整座摩天楼再次满员。

“怎么——？那个节目呢？”埃莉诺抬起头，一脸错乱地盯着电视机，左手四处摸索着听记簿和铅笔，“他在讲什么？”

莱恩把手臂伸到她身下想抱她起来，但她单薄的身子却沉得出奇。他可比自己想象的还要虚弱了。“你能走路吗？稍迟一些我回来给你拿电视。”

她含糊地一耸肩，靠着莱恩摇晃着，就好像酒吧里的一个醉鬼在接受老相识的暧昧提议。两人并肩坐在床沿上，她一只胳膊倚着他的肩，目光精明地审视着他，凶巴巴地拍了拍他的胳膊：“好吧。不过呢，头一件事，去找些电池。”

“没问题。”她的任性表现让他感到欢欣乐观。她坐在床上，看他从衣橱里拖出了一个行李箱，开始往里面装她的衣服。

于是，莱恩把埃莉诺·鲍维尔，还有她的便携电视机，都带回了他的公寓。他将她安顿在了客厅的一张床垫上，此后成日在各间无主公寓里觅食，找水，搜电池。生活里再度出现了电视机，这让莱恩深信摩天楼的一切都在重归常态。等到斯蒂尔要向上去往更丰美的牧场之时，莱恩谢绝了同行的邀请。莱恩已经下定决心，要将自己，还有自己那两个女人，同其他人一概隔绝开来。他需要和艾丽斯、埃莉诺单独过日子；要随自己的心意，或积极主动，或被动顺从。在这初始阶段，对于自己要在这两个女人面前扮演什么样的角色，他也还不大说得上来。不过，不管作何选择，他都必须在自家的四壁之间扮演。

莱恩很清楚，自己远比从前任何时候都快乐，即便生命饱受威胁，随时可能死于饥饿或袭击。他满意自己的自给自足，满意自己应对生存考验的能力——觅食，随机应变，守住自己那两个女人，防住和自己怀着同样心思而觊觎她们的掠夺者。最重要的是：他放任了自己同埃莉诺和姐姐厮混的冲动，这任性，全拜摩天楼无穷的可能所打造，于自己的这一明智之举，他很欢喜。

17. 湖畔小阁

清晨的阳光好似害怕打搅到这幢公寓楼的内部，探着40层楼梯间里半闭的百叶天窗，从折断的帘片间钻了进来，斜洒在台阶上。往下五层，理查德·怀尔德在冷冽的空气里打着寒战，看阳光慢慢向自己靠近。他挨着一张餐桌坐在台阶上，连同这张餐桌在内，身后是一个庞大厚重的路障，堵着楼梯间。怀尔德缩在这里整整一夜，已经冻僵。在大厦里爬得越高温度就越低，有时候他都想退回到下面的楼层去了。他低头看了看趴在他身旁的那只动物——黑色的贵妇犬，至少曾经是吧——他嫉妒它那身乱蓬蓬的皮毛。自己的身体已是近乎全裸，他搓着胸膛和肩膀上抹着的口红，徒劳地想用这甜蜜的油脂给自己保暖。

狗两眼紧紧盯着上方的楼梯口，立起双耳，觉察到了怀尔德听不到的声音，是路障后面有人在走动。过去的十天里，这一人一犬已经组成了一个成功的狩猎小队，怀尔德可不愿意在狗还没准备好的情况下就催它发动攻击。

怀尔德的长裤从膝盖以下都剪掉了，剩下的部分破烂不堪，还沾染了血印和酒迹。他粗眉粗眼的脸上满是参差的络腮胡子，把下颌上还没结痂的创口遮住了一部分。这一副流浪汉的模样，看上去疲弱不堪，可实际上他那一身肌肉还是一如既往地精壮有力。他宽宽的胸膛上横七竖八画着鲜艳的线条，一直延伸到了肩膀和后背。这些图案是用前一天下午在一间无主公寓里找到的口红画上去的，他每隔一段时间便会低头检视一番。本来，画口红只是醉酒后闹着玩，后来很快被赋予了某种正经的仪式性质。这些标记，除了用来吓唬一下可能遇到的寥寥数人，更能给他一种强烈的身份感；同时，也算是以此称颂自己在这摩天楼里的漫漫征程如今已是胜利在望。打定主意要在最终踏上楼顶时以自己的最佳外表亮相，怀尔德舔着自己满是疤痕的十指，一只手按摩自己身体，另一只手把身上的图案抹得更清晰。

他牢牢抓住狗绳，抬头注视着十级台阶上方的楼梯口。阳光继续在楼梯间吃力地下行，终于照到了他身上，让他的皮肤开始温暖起来。怀尔德抬头望向离自己头顶60英尺的天窗。临得越近，那一方白色的天空就越发不真实，像电影布景里的人造天花板。

狗微微抖动身体，爪子慢慢向前伸。就在他们前方几码的地方，有什么人在整理路障里的一部分东西。怀尔德耐下性子等着，把狗向上引了一级台阶。尽管外表看上去就像野蛮人一样残暴，但他的举止堪称自我克制的典范。一路至此，他可没打算措手不及就着了道。怀尔德从餐桌的一条缝里往对面探。路障后面，有人向后拉开了一张被当作暗门来用的桃心木小写字台。狭缝里，现出了一位已经没多少头发的老妇人，七十岁上下，表情坚忍。她窥伺着楼梯间，谨慎地顿了一小会儿，手拿一只香槟桶穿过缺口向楼梯围栏走过去。老妇身上穿着一件华贵的拖地晚礼服，已经破破烂烂，暴露出她强健的臂膀上满是斑的白色皮肤。

怀尔德心怀敬畏地注视着她。他跟这样的干瘪老太婆交手不止一两次了，非常清楚她们的手脚速度相当惊人。他一动不动，等着她俯身从楼梯围栏倒空了香槟桶里的泔水。冰冷的油垢溅到怀尔德和狗的身上，但是人和狗都没做出任何反应。怀尔德小心擦拭着身边台阶上放着的摄像机。把他一路送上摩天楼顶的那些大小战役已经让镜头碎的碎裂的裂，不过事到如今，摄像机已经彻底变成了一种象征，和那条狗一样，令他感到已成了自己的身份标识。可是不管他对那动物有多么喜爱，多么不离不弃，用不了多久，这条狗也是要离开他的——待到登顶，他们都会列席庆功晚宴；带着点黑色幽默，他想：只不过这条贵妇会盛在盆罐里。

这即将到来的晚餐，可会是几周以来头一顿像样的——怀尔德边想，边看着那个老妇人小声咕哝。他抹了一把胡子，小心翼翼站起身来，扯了扯电线做的狗绳，从自己缺了的门牙之间发出轻轻一嘶。

狗仿佛收到暗示，发出了呜呜的声音，站起身，颤抖着往上爬了两个台阶。它趴下身子，开始发出哀叫；老妇将之尽收眼底，闪身退回到路障后面，几秒钟后，手里就多出了一把很有分量的切肉刀，精明的一双眼睛紧盯着畏缩在下方台阶上的狗。待到狗翻过身子露出了腰腹，她的视线便牢牢盯在了它肥美的肚子和前胛肉上。

狗又开始哀鸣起来。怀尔德躲在餐桌后面偷偷瞄出去。这种时刻永远都会让他发笑。真的，他在这大厦一路往上爬，发现越高的地方就越有幽默潜质。狗绳沿着台阶拖在狗身后，另一头仍在怀尔德手里握着，不过他很小心，没把电线拉紧。老妇已经没法从狗身上移开眼了，她从路障的那个缺口里走了出来，从假牙的豁口里吹出几声呼哨，唤着狗往前靠过去。

“可怜的宝贝，迷路了呢。是吧，美人儿？过来，上这儿来……”

一个秃了头的老妖婆极尽幽怨地讨好一条狗，这奇景叫怀尔德几乎没笑出声来，他靠着桌子，无声地暗自捧腹。他厚重的皮靴随时都会踩上她的脖颈，让她惊呆。

路障后面现出了第二个身影。一位三十岁上下的少妇，大概是老妇的女儿，正隔着老妇向外看。她身上的麂皮夹克没系扣子，露出脏兮兮的双乳，但头发却精心地缠在满头的发卷上；就好像她正在打理身体的某些部位，准备去赴什么正式晚宴，而她身体的其余部分则未曾收到邀请。

两个女人都低头盯着那条狗，面无表情。女儿手持切肉刀候在一边，母亲沿着台阶慢慢走下来。她喃喃安抚着贵妇犬，轻拍着它的头，弯下腰去捡狗绳。

当她有力的手指握住细绳的一刹那，怀尔德飞身冲了出去，狗也瞬间活转，跃起来猛扑上台阶，尖牙狠狠咬住了老妇的手臂。老妇人臂弯里紧夹着狗，疾速钻过路障里那道狭隙，手脚敏捷得出奇，怀尔德差点就没跟上。趁那张写字台还没被她女儿卡回去，他将它一脚踹开，从老妇鲜血淋漓的臂弯里将狗拖出来，然后掐住她的脖子一把将她推倒在一堆硬纸箱上。她愕然跌在那儿，活像个披头散发的公爵夫人惊觉自己在舞会上喝得烂醉。趁着怀尔德顾着狗而转开了身子，那个女儿朝他直冲过来。切肉刀早被抛到了一边，她一手握着自己的卷发夹，另一只手里则是支银色的提包小手枪。怀尔德错身躲开，把枪敲脱手，然后一棍子让她直向后摔到了路障上。

两个女人气喘吁吁地在地上坐着，怀尔德则低头瞧着脚边的小手枪，这东西简直就是个亮闪闪的小孩子玩具。他把枪捡起来，开始巡视自己新到手的领地。他正站在35层泳池的入口。散发着恶臭的一池水里，满是各种碎片残骸，铺着瓷砖的水池边沿上堆了满满的垃圾袋，倒映在池水中。在候梯厅的一个固定了的电梯轿厢里搭着一个小窝棚。火堆的灰烬旁边有一个上了年纪的男人，怀尔德隐约记起他以前是一位税务顾问。老者正躺着睡觉，明显对刚刚发生的突发暴力事件没有丝毫觉察。在他头上面方，有一根用两截阳台排水管做成的排烟道穿过电梯厢顶伸到了外面。

怀尔德手里依旧握着枪，看向那两个女人。那个母亲坐在一堆硬纸箱中间，若无其事地从丝绸礼服上撕下一条来，包扎起了自己的胳膊。那个女儿则蹲在路障旁边，一边揉着自己口唇上的擦伤，一边轻轻拍着怀尔德那条贵妇犬的头。

怀尔德抬眼望向通往36层的楼梯。这场小冲突让他兴奋起来，他很想继续挺进，直达楼顶。可是，他已经超过一天没吃东西了。而在小棚屋的入口旁边，有一股动物脂肪的味道在火堆周围的空气里缭绕。

怀尔德示意那个少妇过去。那张漠然的、相当迟钝的脸庞依稀有几分熟悉，此女原来是不是某个电影公司经理的妻子？她站起身，朝他走上来，饶有兴致地盯着他胸膛和肩膀上画着的那些标记，还有他暴露的耻部。怀尔德把手枪揣进兜里，拉着她往棚屋走过去。两人跨过那个老者，走进了电梯。墙上挂着帘子，地板上铺着两张床垫。怀尔德抱住她，一只胳膊揽着她的肩，靠着电梯轿厢后墙坐下。隔着候梯厅，他凝视着那一池黄水。池边有几间更衣室被人改装成了单人小屋，不过现在也都没人住了。他注意到池子里有两具尸体漂浮在一众杂物、厨房垃圾和几件家具中间，几难分辨。

火堆上烧烤的一只小猫还剩下最后一点，怀尔德自顾自吃了起来。多筋难咬的肉在牙齿间撕扯开，吮着烧烤扦的时候，尚留余温的油脂简直叫他陶醉。

女子亲昵地靠着怀尔德，满足于他粗壮的胳膊揽着她的肩头。她身上清新的气味出乎他意料——走得越高，他碰见的女人就越干净。怀尔德低头看去，她白净的脸，坦然温顺得就像一只家养的动物。她好似完完全全没受摩天楼里诸事的影响，仿佛待在某个隔离室里等待着他的出现。他想跟她说说话，却发现自己张嘴只能咕咕哝哝，没法用自己被打断的牙和带伤的舌头说出什么话来了。

肉食叫人心满意足。他舒坦地靠着那女人仰面躺下，把玩着银色的提包小手枪。想都没想，他撩开她麂皮夹克的前襟，露出她的双乳，两掌覆上那小小的乳头，整个人倚到了她身上。他昏昏欲睡，对着她呢喃不已。她则轻抚着他胸上肩上画着的纹路，指尖无休止地在他的肌肤上划动，仿佛在给他书写着什么信息。

午后，怀尔德倒卧休憩在了这样一间舒适的湖畔小阁里。少妇坐在他身侧，以双乳紧贴着他的面庞，看护着这个壮硕的男人，这个描画了身体、暴露着性器，近乎全裸的男人。她的父母在大厅里无事闲走，身穿晚礼服的老妇时不时随手从路障里抽出一两件家具，用切肉刀劈成柴火。

怀尔德顾不上他们。他只意识到这具年轻的女体，还有那些巨大的楼柱，将这高高的公寓楼支撑直到楼顶。透过泳池周围的窗，他能看到邻近那四幢楼摩天耸立，它们就好像几朵笔直的云朵似的，悬浮在这午后的天空里。这电梯里的融融暖意，仿佛一应自这少妇的胸乳中释出一般，已然抽干了他所有的意志和气力。她面容和煦，低下头宽慰地看着怀尔德。就像接纳任何一个四出劫掠的猎手，她接纳了他。她先是想要杀他但失了手，便送上了食物又献上肉体，以乳房直让他满足回了乳臭未干的状态，甚至，搞不好还喜欢上了他。然后，他一睡下去，就割了他的喉咙。理想婚姻的大意不外乎如此。

怀尔德打起精神，坐起身向趴在电梯外的床垫上睡觉的贵妇犬使劲踢了一脚。狗吃痛的惨吠让怀尔德清醒了。他一把将那少妇推开。他需要睡眠，但他先要挪去一个更安全的地方藏身，否则会被这老妖婆母女轻轻松松干掉。

他头也没回，站起身牵起狗，把银色小手枪塞进裤腰，又检视了一遍自己胸上肩上的图案。拿上摄像机爬过路障，怀尔德又回到了楼梯间，丢下了那一方安宁的营地和黄水湖畔的少妇。

他拾级而上，周遭是一片静寂。楼梯上铺了地毯，靴子踩上去几乎没有声音，而他被自己的呼吸声搅得意乱心烦，未曾留意那四周的墙壁刚被粉刷过，雪白的墙面在午后的阳光下闪着光泽，如同去往角斗场的入口通道。

怀尔德爬到了第37层，嗅到了从户外半空里直灌进来的气息。空气冰凉，拂过他赤裸的身子。此刻，鸥鸟的呼号前所未有地清亮。狗开始呜咽，说什么都不肯再往前半步了，他将它放开，看它消失在楼梯尽头。

37层空寂无人，空气清新，公寓的门都大敞着。他已累得无力思考，拣了间空屋藏进客厅，便躺在地上沉沉睡去。

18. 血园

相较而言，往上三层，高高站在露天楼上面的罗亚尔则从来不曾这么清醒。终于准备好了成为那些海鸟中的一员，他站在自己楼顶套间的窗户前，俯瞰着开发区的露天广场，向远方的河口眺望。晨间的空气刚被一场新雨洗过，清爽却也凛冽，河水穿城而出，也似一长串冰凌滚滚而来。两天了，罗亚尔没有吃过任何东西。食物的匮乏非但不曾令他浑身无力，反而刺激了他身体里的每一根神经每一块肌肉。脑组织好似暴露在外，就要被漫天的鸣唳声撕裂。那些鸥鸟像一道持续不断的喷泉自电梯机房和护栏上升起，向高空飞去，形成一个不断膨胀的旋涡，又突然向着雕塑园俯冲而下。

罗亚尔现在可以肯定：它们是在召唤他。那些狗已然弃他而去。它们刚得了自由，便消失在了楼梯间和下边的走廊里，唯独雪狼留了下来。它坐在罗亚尔的脚边，在敞开的窗户旁着迷一样看着鸟儿飞翔。现在，它的伤都已痊愈，厚厚的极地被毛也恢复了白色。罗亚尔怀念那些血痕，就如同他怀念夹克上那些被怀尔德太太洗掉的血手印一样。

把自己封进楼顶套间的时候带上的那点食物，罗亚尔都已经给了狗，不过他觉得自己也已经超越饥饿感了。三天以来，他谁都没见，也很乐意把自己和妻子、邻居的一切关联都切断。他仰望着那一大群盘旋的鸥鸟，明白它们才是这摩天楼真正的住客。那座雕塑园也是单为它们设计的，只是当初他并未意识到而已。

罗亚尔在寒冷的空气里打着哆嗦。他穿着猎装，单薄的亚麻布完全无法为他挡住在混凝土天台上肆虐的风。在太过明亮的空气中，跟罗亚尔苍白的面色相比，白色布料也显得发灰了。罗亚尔勉力压抑自己的寒战，吃不准是否那些车祸的旧伤伤口又破裂了，他走上平台，穿过了楼顶。

鸥鸟悄悄靠近到他周围，转动着自己的脑袋，在混凝土上擦拭自己的喙。混凝土表面蹭着一道道血痕。这是第一次，罗亚尔看到窗台和护栏上尽是带血的V形爪迹，仿佛某种神秘字体里的一个个符号。

远处有声音响起，是女人在低语。在雕塑园另一边，观景天台的中间，有一群女住户像是在搞什么公开讨论而聚在了一处。

因为私人领地遭到入侵，且也因此记起在这楼内他尚不是孤身，罗亚尔有些心神不宁，退身到了雕塑园的后墙后面。一众声音在他周围来来去去。那些女人很随意地说着话，就好像已经这样来过许多次了。说不定她们之前上来观光的时候，他都在睡觉。也说不定，因为天气渐冷，她们决定把聚会地点顺着楼顶一路挪进他的套间里去。

鸟的旋涡正在瓦解。罗亚尔向着套间往回走的时候，那个螺旋的形状已经开始散了，鸥鸟们贴着大楼的外墙面俯冲出去飞远了。罗亚尔催着雪狼走在前面，从雕塑园的后墙边走了出来。套间里，站了两个女人，其中一个的手正放在健身器上。真正令罗亚尔震惊的是她们随意的站姿，她们就好像是正要搬进一间预租好的度假别墅一般。

罗亚尔退到了一间电梯机房后面。独自和鸥鸟、雪狼一起过了这么长时间，看到这些人类入侵者，他多少有些无措。他把狗拉到自己腿边，决定留在雕塑园里，等待访客离开。

他推开园子后门，在两列刷了漆的几何体之间走着。数十只鸥鸟围绕着他，在铺着地砖的地面上聚拢起来。它们亦步亦趋地跟着罗亚尔，充满期待。

他在湿地砖上滑了一脚，低头看时，发现是鞋子上挂了一块软骨。他扶着一尊雕塑站稳，把软骨扯出来丢开。手边这个齐腰高的混凝土球体，染着夺目的绛红色。

收回手时，掌间湿漉漉的都是血。鸥鸟大摇大摆走到了前面，为罗亚尔腾出了一块空地。此时，映入眼帘的游乐园，整个内里都浴在了血中，地砖也因这黏稠鲜艳的浆液而湿滑不堪。

雪狼贪婪地抽着鼻子，将落在嬉戏池边沿上的一块碎肉狼吞入腹。罗亚尔直直瞪着这一地血，瞪着自己满手的殷红，还有那些被鸟剔得一干二净的累累白骨，魂飞魄散。

怀尔德醒来的时候，已近日暮。清冷的空气在空房间里流动，轻轻拂起地板上的一张报纸。这个时候，屋里没有阴影。听得到通风管道里自上而下的风声，鸥鸟的嘶鸣却已经停了，就好像它们已经离开，再不会回来。怀尔德席地坐在客厅的一角，坐在这个无人入住的立方体的顶端。感受着后背抵在墙上的力道，他几乎要相信自己是这公寓楼里的第一个，也是最后一个住客。

他站起身，穿过房间走上阳台。下方很远处，能看到停车场里上千辆的车，却都被一重薄雾从他眼前遮蔽了，那些历历可辨的细节属于他身外的另一个世界。

舔着指上残留的动物油脂，怀尔德走进厨房。食柜和冰箱都是空的。他想起了泳池边电梯里的那个少妇和她温暖的肉体，想着是不是要回到她身边去。他还记得她轻抚他的胸口和肩膀，还能感觉她的手在他肌肤上的力道。

怀尔德仍吮着自己的手指走出了公寓，觉得自己像是被人抛弃在了这巨大的建筑里。走廊寂静无声，冷风经过，吹动地面上零零碎碎的废弃物。他左手还拿着自己的摄像机，至于它是用来做什么的，或者为什么还把它留在身边这么久，他已经不大能确定了。

不过，那支银色小手枪，他倒是立即认了出来。他握在右手，闹着玩似的拿枪指着一间间开着的房门，多少有几分期待着会有什么人现身出来陪他一起玩。最上面的楼层已经被天空霸占了一部分——他爬上40层的时候，看到楼梯间天窗框出了这么一幅图：白色的云朵飘在了一口电梯井里。

怀尔德举枪虚瞄着，快步穿过了40层的候梯厅。这里没有路障，且近期刚有人花力气收拾整理过。垃圾袋全被清掉，路障被拆除，候梯厅里也重新置上了摆设。有人把一面面墙壁都擦洗了，那些涂鸦、轮值花名册、电梯运载时刻表都已消失不见。

一阵风过，关上了身后的一扇门，也剪灭了那一道光亮。怀尔德在这空楼里跟自己玩得很开心，认定很快就会有人现身和他一起玩，于是单膝跪地，将手枪平举，向某个假想敌瞄准。他沿着走廊急步冲到尽头，一脚踹开门，闯进了那一间公寓。

整幢大厦里，他没有见过比这更大的公寓，远比高楼层的所有其他公寓都宽敞得多。和候梯厅、走廊一样，这里的房间也都已经被细细清扫过，地毯重新铺上，窗帘挂起在高高的窗户旁边。餐室里，光洁的餐桌上静静立着两支银烛台。

怀尔德被眼前的一切镇住了，他在微微反光的桌子周围慢慢走着。头脑混乱，他莫名觉得自己以前来过这里，早在他还没搬进这空楼的很多很多年以前。这挑高的天花板和硬朗的家具，让他想起自己还是个小小孩童时曾经做客过的一间房子。他徘徊在这几个重新布置过的房间里，几乎是在期待着，期待能发现他儿时的玩具、小小的儿童床和婴儿围栏正都摆放整齐，迎接他的到来。

在卧室之间有一道私人楼梯，直通上方的另一间内室，以及一个可以瞭望楼顶的小套间。这谜一般的秘密楼梯和它带来的挑战令怀尔德跃跃欲试，想要顺着台阶往上爬。他舔干净手指上最后一点油脂，欢快地冲自己吼了一嗓子。

怀尔德向着开阔敞亮的空间拾级而上，行至半道，被拦住了去路。一个瘦削的身影从阴影中走了出来，是一个高大的白发男人。他比怀尔德年长许多，风将他的一头白发吹得凌乱。这男子站定在楼梯口，静静看着自己下方的这名入侵者。他的面庞在刺目的背光中模糊不清，但骨形分明的前额上的那些疤痕，却和他白色夹克上新鲜的血手印一样，分外显眼。

怀尔德依稀认得这个守在观景天台上的狂野老者是谁，他在楼梯上停下了脚步。他不确定罗亚尔是要来和他玩这个游戏，还是要来呵斥他。从罗亚尔紧张的姿势和潦倒的外表来看，怀尔德猜测他一直藏身在什么地方，但却不是为了玩这个游戏。

尽管如此，怀尔德依然希望能征他入伙，他玩也似地冲罗亚尔挥了挥手枪。出乎他意料，建筑师竟向后退了一步，看起来就像是在假装害怕。就在怀尔德抬步向上走的时候，他举起了手中的铬手杖，朝着楼梯方向用力掷了下来。

金属棍子撞在扶手上，抽到怀尔德的左臂，一击之下，他吃痛地抛下了摄像机。手臂麻了。如同受到责打的孩子一般，他感到了片刻的无助。就在这位建筑师沿台阶朝他走下来的时候，怀尔德举起了银手枪，洞穿了他的胸膛。

短促的一声爆炸在冰冷的空气里消散开去。怀尔德爬上了那最后几级台阶。建筑师姿态拙笨地倒在了楼梯上，看起来就像是在装死；全无血色的疤脸转向一边，不去看怀尔德。他还活着，正从敞开的窗户望着飞在最后的那几只被枪声惊到半空的鸥鸟。

怀尔德从他身上跨了过去。这个游戏，和这预见不到的转折，让怀尔德糊涂了。摄像机躺在楼梯的底部，不过他决定就把它留在那儿。他揉着自己的胳膊，将震伤了手的手枪丢开，从法式落地窗走了出去。

二十码之外，有小朋友正在雕塑园里玩耍。曾经，为了防他们而紧锁了那么长时间的园门，现如今就这么大敞着，怀尔德一眼就能看到里面那些几何造型的玩具雕塑。在白墙的映衬下，它们的色彩显得尤其夺目。一切都已被涂染一新，阳光里，楼顶充满着朝气。

怀尔德向那些孩子挥舞着胳膊，可惜他们都没看到他。孩子们的存在给他注入了活力，这一路攀登到顶，终于在此看到了他们，他感受到了胜利的喜悦。那个躺在他身后的台阶上，外套染血脸上带疤的古怪男人，没有懂过他的这场游戏。

其中有个小朋友，一个两岁的小男娃娃，正光着身子在雕塑之间跑进跑出。怀尔德急急松开自己褴褛的裤子，任凭它褪到脚踝，然后赤身裸体向他的朋友们奔过去。他的步态微微蹒跚，就好像他已经忘了怎么使用自己的这两条腿。

在雕塑园的正中，空的嬉戏池旁边，有位女子正在用家具碎块点篝火。她的双手强健有力，正调整着一支沉重的烧烤扦，那是一根从大型健身机上拆下来的金属管材。孩子们聚在一旁玩，她则蹲在篝火边上，把椅子腿码进火堆里去。

怀尔德向前迈着步子，怀着羞涩，满心期待那女子会注意到画在他胸口上的那些图案。他在等小朋友过来喊他一起去玩，同时看见在左侧十英尺开外还站着第二个女子，身穿长及脚踝的连衣裙和长长的条纹围裙，长发从她严苛的脸庞两边向后拢着，在后颈绾成一个髻。

怀尔德在雕塑之间停下脚步。没有任何人关注到他，他尴尬了。园门旁又出现两个打扮得同样持重的女人，其他女人则纷纷从雕塑之间走出来，松散地站成一个圈，把怀尔德围在了当中。她们的外表仿佛属于另一个世纪，另一番场景，如果不去看她们的墨镜的话。在天台上这些血痕斑驳的混凝土的反衬下，深色的镜片有些扎眼。

怀尔德等待着，等她们跟他说话。赤裸着展现出自己的身体，展现出画在身体上的那些图案，这让他觉得非常快乐。终于，那个跪坐在篝火旁的女子回过了头，向他看过来。虽然这女子换了一副装扮，他仍认出她是自己的妻子，海伦。他刚想向她跑过去，但她那种云淡风轻的目光，以及对他沉甸甸的性器无动于衷的打量，让他生生停了下来。

到此刻，他意识到这里的每一个女人他都认识。他依稀认出了夏洛特·梅尔维尔，她带着瘀青的脖子上围了一条围巾，看他的眼神里没有敌意。年轻的罗亚尔太太站在简·谢里丹身边，她现在是个保姆了，看护着年纪最小的那几个孩子。他还认出穿皮草大衣的那位是珠宝商的遗孀，和他身上一样，她脸上也用胭脂化了妆。他回过头，无非确认了自己的退路已被封好了，只见儿童作家那庄严高贵的身影出现在顶层套间的那扇敞开的窗户后面，一如端坐在帐阁里的女王。在最后一念希冀消失之前，他想，也许她会念一个故事给他听。

在他前方，雕塑园里，小朋友们正在玩白骨。

众人围成的圈子收紧了。篝火里蹿起了第一簇火苗，复古椅子上的清漆迅即发出噼啪爆响。女人们仿佛都得到了提醒，想起繁重的劳作是会带来饕餮之欲的，她们齐齐透过墨镜专注地看着怀尔德，同时，每个人都从自己围裙的深兜里掏出了什么东西。

在她们满是血污的手中，握着一把把窄刃的小刀。此时此刻，怀尔德有几分腼腆，却又很快乐；他跌跌撞撞走过楼顶，迎向自己的一个个新的母亲。

19. 夜的游戏

晚餐就快做好了。罗伯特·莱恩坐在自己25层的阳台上，搅动着火堆里兀自明亮的余烬。火是他用电话簿的纸页升起来的，火光照亮了德国牧羊犬帅气的前胛和胸廓，它串在烤肉叉上正烤着。艾丽斯的床上，姐姐和埃莉诺·鲍维尔正一同躺着。莱恩扇着火，满心希望她俩会对自己的这一番作为心存感激。他井井有条地给德牧的深色表皮刷上油，德牧的肚子里则已经填满了大蒜和草药。

“生活不二法则，”他喃喃自语，“只要能闻到大蒜香，凡事都好办。”

至少，就此刻而言，凡事都相当尽如人意。德牧马上就烤好了，一顿大餐对那两个女人挺有好处。近来，两个女人都因为食物短缺而变得更加苛刻暴躁，也因为太过乏力，而没能够赏识莱恩逮狗的本领和勇气，更别提给此等个头巨大的动物剥皮、开膛这样的苦活了。甚至，在莱恩翻阅从附近公寓找来的高级烹饪书的时候，她们还埋怨在一旁紧张呜咽的那条狗太吵。莱恩盘算了好久，该怎么把它弄熟才最妥当。从德牧发抖和哀号的程度来看，它也已感应到了这个问题。此狗好像已经明白自己是摩天楼里为数不多的几只动物之一，光凭这一个理由，就值得大事操持，好好烹煮。

想到接下来又会有好几个礼拜要挨饿，莱恩一时间发起慌来，扯下更多的纸张丢进了阳台的火堆里。或许，在比较低一些的楼层里会找到猎物，不过莱恩从不冒险下到20层以下。10层泳池散发出的恶臭太烦人了，还已经向上扩散到了每一根通风管和每一口电梯井里。在过去一个月里，莱恩只在他发善心给安东尼·罗亚尔当了一小会儿撒玛利亚人[1]的时候去了一趟低楼层。

莱恩是在25层候梯厅劈柴火的时候发现这位濒死的建筑师的。他从废弃的路障里把一张古董梳妆台往外拖的时候，罗亚尔从缺口里摔了出来，几乎把莱恩撞倒在地上。罗亚尔的胸前开了一个小小的创口，他的白色夹克则染上了一块块手掌形状的大片血迹，就好像他正努力用自己死亡的印记来彰显自己的身份。很明显，他已经没剩几口气了，他双眼失了焦，突出的额骨挣着前额过度紧绷的皮肤。也不知怎么的，他竟然还能从

1 古老的中东族群，因《圣经》典故而在基督教文化世界里被广泛用于指代“好心助人者”。

40层一路下到这里来。罗亚尔嘴里语无伦次一直念着什么，半靠着莱恩，脚下磕磕绊绊沿楼梯一直向下走，直走到了10层。跨进购物中心，只闻得肉类的腐臭笼罩着空无一人的超市柜台。一开始，莱恩以为是隐藏在什么地方的哪个肉食仓库爆了门，里面的库存开始腐败变质。他食欲正旺，当即就想扔下罗亚尔掉头去找吃的。

罗亚尔两眼几乎完全阖上了，却一手紧紧抓着莱恩的肩，一手指着泳池的方向。

昏黄的光线从满是油污的瓷砖地面反射上来，在两人眼前延展开的，是一个长长的尸骨坑。池里很早就水干见底了。然而现在池底斜坡上满是骷髅、白骨和从数十具尸体上离断下来的四肢残骸。于这被弃之处，它们彼此纠缠着，闲散无聊得就好似这是一片热闹海滩上的住客们遭遇了瞬息突至的大屠杀。

这肢缺体残的景象倒还不怎么令莱恩不安，他认为这不过是些老死或病死的居民遭野狗毁了尸。他受不了的是那股恶臭。莱恩转身离去。在下楼的这一路曾紧紧倚靠着他的罗亚尔如今已不需要他了。罗亚尔顺着那一排更衣室挣扎着走开。莱恩看他最后一眼的时候，他正向泳池浅水区的台阶挪过去，似是希望能在这绝命坡上替自己找到一席之地。

此刻，莱恩蹲在火堆旁，正拿烧烤扦戳德牧的后腿看烤熟了没。寒冷的空气顺着摩天楼的外墙卷上来，他瑟瑟打着抖，努力压制对尸骨坑的回忆。有时候，他怀疑这楼里有些住户已经退化回了以同类为食的境地——那些尸骸当中，有很大一部分是被人以外科医生的手法把肉都给剥走的。那些低楼层住户，长期置身压力和歧视之下，可能已经向自然之道屈服了吧。

“罗伯特……！你在干什么……？”艾丽斯带着怨气的声音把莱恩从胡思乱想中唤醒回来。他在自己的围裙上揩着手，匆匆走进了卧室。

“没什么事了——晚餐就快准备好了。”

他说话的声音孩子气又让人心安，是过去他在医院培训的时候用在那些比较迟钝的患儿身上的；这种语气，跟床上这两个女人精明又厌烦的眼神可完全对不上。

“都搞得这满屋子都是烟了，”埃莉诺问他，“你是不是又在发什么信号啊？”

“不是的……是这本电话簿。这纸张肯定是塑料做的。”

艾丽斯不耐烦地摇了摇头：“那埃莉诺的电池呢？你答应过要替她找的。她必须要开始写评论了。”

“是，我知道……”便携电视搁在埃莉诺身旁的地板上，莱恩低头看着它一片空白的屏幕，对答案颇感为难——他尽全力去找了，但毕竟电池已经用得一枚不剩。

埃莉诺厉色瞪了他一眼。她把手腕上的伤疤又揭了开来，扭扭捏捏露着给那只正在房间那头兴致勃勃盯着她的猫儿看。“我们在讨论你该不该搬去别间公寓。”

“什么?”莱恩开心地笑出声来，不确定是不是先前的闹剧已经变成认真的了；等看到埃莉诺拒绝像以往那样把笑意慢慢展开，他乐得更欢了。两个女人肩并肩躺着，贴近得好像已经融进了彼此。从早到晚，他会时不时给她们送上食物，不过他从来就不能真正确定自己到底是在满足谁的肉体需求及功能。为了保暖和安全，她们挪到了一张床上。但是，这样她们也就可以通力监管他了——莱恩真是这么怀疑的。她们清楚自己靠他才能活。抛开那类“闹剧”不说，她们对莱恩的私人需求还是全然配合的，以此来换取他对她们身体的殷殷照看。这样的交换，于莱恩而言，称心合意；同样称心合意的，是她们躺在了一张床上——从此他再也不用两头应付那些哄骂兼施的命令，两厢面对那些神经兮兮的游戏了。

他喜欢看到埃莉诺故态复萌。两个女人都患有严重的营养不良，于是一看到她们有了好转，有了足够的精力把这随意展开的闹剧愈演愈烈，活像有钱人的两个家庭女教师要弄不守规矩却又知错能改的小孩一般来对待他，他就加倍地有了信心。时不时地，莱恩喜欢把这种游戏顺着逻辑玩到底，想象成是这两个女人在支配着他，还彻底看不起他。这样终极的入戏，还曾帮过莱恩一次。当时，以怀尔德太太为首的一个妇女抢劫团伙进到了莱恩的公寓，正看到埃莉诺和艾丽斯在辱骂他，以为他是两女的囚犯，于是就走掉了。换个角度来看，或许她们对这种事情也是再清楚不过。

且不论答案是什么，眼下，莱恩可以自由自在地生活在这样一个他从小到大第一次见识到的亲密至深的家庭圈子里。这种状态，让他保有充裕的自主性来探索自身，而其强烈的不可预见性又令人保持着警觉。即便埋在她们双乳间撒娇耍赖，也可以轻易地阴狠恶毒起来。两个女人钦佩他的就是这一点。吗啡安剖瓶还剩下相当的数量。他打算给这两个女人引荐一下这种叫人神魂颠倒的灵丹妙药，她们的瘾会令权威的天平再次向他倾斜，也会令她们更离不开他。多么讽刺：就在此处，就在这摩天楼里，他找到了自己的首拨患者。

莱恩将狗肉切妥装盘，分量恰到好处地端给了两个女人。之后，他背靠着护栏坐在阳台上，思量着自己的好福气。总之，到如今，无论他做出怎样的举止，纵容何种放肆的冲动，或是顺着哪条道荒唐下去，都已经是没所谓的了。他很遗憾罗亚尔已死，他对他满怀感激之情，因为这位建筑师参与设计了这摩天楼，令这一切都成为了可能。很奇怪，罗亚尔临死倒还内疚了。

莱恩向两个女人挥挥手以示慰勉，她们正坐在床上，膝盖架着托盘，同吃一个盘子里的肉。他吃完这暗色的蒜香烤肉，仰望着摩天楼的墙面。所有的楼层都置身黑暗，这让他很高兴。他由衷地喜爱这两个女人，也同样由衷地为能延续她们的生命而感到骄傲，但无论如何，这些都不能干扰到他那新到手的自由。

大体而言，在这摩天楼里，生活已经很善待他。一切都越来越多地向着常态回归。莱恩再度想起了医学院。次日，他很可能会去生理学实验室转一转，甚或督导督导学生。不过首先，他要做一做卫生，他注意到已经有两个女邻居在打扫走廊了。甚至，没准他还能修好一部电梯。兴许他会占到第二间公寓，他要拆掉里面的障碍堆，重新往里添置家具。想到埃莉诺威胁要把他扫地出门，莱恩玩味着这个意图，在其前景中触探到了一种不正当的快感。他可能要再想出些办法来，再去赢得她们的欢心了。

不过，所有这些，比如要给她们吗啡并且要逐渐增加剂量，全都只是一个开端；不起眼的预演过后，才是实实在在的刺激大戏。莱恩靠在扶手上，感受这百般的念想在自己的身体里汇聚起来。

暮色已深。黑暗里，火堆的余烬在点点闪耀。串在烤叉上的大狗，轮廓像极了一个肢解了的男人在飞，他正以无穷尽的活力翱翔在夜空里，余烬在他的皮肤上闪出宝石一般的亮光。

莱恩望向四百码开外的那幢摩天楼。就在刚刚，发生了一场临时停电，7层的灯全暗了。一片漆黑之中，已经有手电筒的光束在四处移动着，第一次，住户们迷惑地想要探清楚自己身在何处。莱恩心满意足地看着他们，准备欢迎他们去到他们的新世界。

文
景

Horizon

社科新知 文艺新潮

摩天楼
［英］J.G. 巴拉德 著 陈醉 顾君 王卉 译

出品人：姚映然
责任编辑：沈 宇
装帧设计：王志弘
美术编辑：高 熹

出 品：北京世纪文景文化传播有限责任公司
(北京朝阳区东土城路8号林达大厦A座4A 100013)
出版发行：上海世纪出版股份有限公司
印 刷：北京中科印刷有限公司
制 版：南京展望文化发展有限公司

开本：787mm×1092mm 1/32
印张：8.5 字数：132,000 插页：2
2017年6月第1版 2017年6月第1次印刷
定价：45.00元
ISBN：978-7-208-13901-5 / I·1547

图书在版编目（CIP）数据
摩天楼 /（英）J.G. 巴拉德（J.G. Ballard）著；陈醉，顾君，王卉译 .—上海：上海人民出版社，2016
书名原文：High-Rise
ISBN 978-7-208-13901-5
Ⅰ.①摩… Ⅱ.①J… ②陈… ③顾… ④王… Ⅲ.①长篇小说—英国—现代 Ⅳ.①I561.45
中国版本图书馆 CIP 数据核字（2016）第 141884 号